真田十勇士

K.NAKASHIMA
SELECTION
VOL.20

SANADA JU YUSHI

中島かずき
KAZUKI NAKASHIMA

論創社

真田十勇士

装幀　鳥井和昌

目次

真田十勇士

◉登場人物

真田幸村

猿飛佐助

ハナ（花風）

霧隠才蔵

由利鎌之助

真田大助

根津甚八

望月六郎

三好清海入道

三好伊佐入道

穴山小介

筧十蔵

豊臣秀頼

大野修理亮治長

大野治房

服部半蔵

淀の方

徳川家康

豊臣軍の兵士

徳川軍の兵士

大坂城の女達

伊賀の忍者達

―第一幕― 大坂冬の陣

【第一景】

駿府近くの森。
村人たちが徳川の兵たちに追われている。

徳川兵1　どけどけ、お前ら。
村人1　ですが、この先にはあっしの畑が。
徳川兵1　やかましい。ここは我が主、徳川家康様が鷹狩りをなさる場である。無用な者の立ち入りは禁ずる。
村人1　ですが……。
村人2　やめとけ。徳川様に逆らっちゃなんねえ。
徳川兵2　その通りだ。これより大坂との最後の戦いに出向かれる。その吉兆を占う鷹狩りだ。妙な邪魔をしようものなら、容赦なく斬るぞ。さあ、とっとと去れ。

村人たち、恐れてそそくさと立ち去る。
徳川兵、あたりに誰もいないのを確かめて立ち去る。

それまで物陰に潜んでいたのか、誰もいなくなったのを確かめると、姿を見せる由利鎌之助。

鎌之助　ふん。大坂責めの前に鷹狩りとはな。

と、続いて猿飛佐助が現れる。二人ともあるじを持たぬ、はぐれ忍びである。

佐助　鎌之助。
鎌之助　おう、佐助か。どうだ、家康の様子は。
佐助　ともの者もわずかだ。まもなくこの森に入ってくる。
鎌之助　余裕だな。だが、その余裕が命取りだ。
佐助　ああ、家康の首は俺がとる。豊臣よりも先に果てるのはあいつの命だ。
鎌之助　ああ。

と、彼らの前に現れる霧隠才蔵。

才蔵　それは困るな。
佐助　なんだ、貴様。
才蔵　おぬしらが思うほど家康の首は安くはないぞ。

鎌之助　なに。

身構える佐助と鎌之助。
と、根津甚八、穴山小介、筧十蔵、三好清海、三好伊佐の真田の一党が現れ彼らを取り囲む。

佐助　徳川の忍びか。
才蔵　いや、徳川の忍びはこちらだ。

と、才蔵、甚八、小介、十蔵、清海、伊佐が森に駆け込む。そこに潜んでいた伊賀の忍びが追い出されてくる。伊賀の忍びと戦う才蔵達。
清海、伊佐は錫杖。才蔵は忍び刀。甚八と小介は普通の刀だ。十蔵は銃を出す。

甚八　十蔵、銃はまずい。家康に気づかれるぞ。

かまわず十蔵、銃を撃つ。銃声はしないで、矢が飛び出す。伊賀忍びに突き刺さる矢。

甚八　え。
十蔵　特別仕掛けの弓矢銃だ。バネ仕掛けで矢が飛び出す。

小介　さすが十蔵。芸が細かい。
清海　三好清海入道、この錫杖を恐れぬならばかかってこい！
伊佐　静かに！　その声の方が気づかれるぞ、兄者！
才蔵　しっ。伊佐、お前もな。

清海と伊佐、口をつぐむ。
しゃべりながらも、伊賀忍びを倒す才蔵達。だが、峰打ちや当て身などで、命はとらない。
あっけにとられてみている佐助と鎌之助。

清海　よし、これであらかた片付けたな。

と、伏兵の忍びが現れる。虚を突かれる一同。
一人の武士が駆け込み、その忍び達を峰打ちで倒す。才蔵たち真田勢が言う。

真田勢　殿。

現れた武士は真田幸村である。

幸村　伊賀の忍びは手強いぞ。油断するな。
才蔵　申し訳ありません。

真田勢、倒した忍びを片付けていく。

佐助　……これだけの忍びが潜んでたとは……。
甚八　やつらの隠し身の術の方が一枚上手だったということだな。
幸村　どこの手の者か知らないが、仕事の邪魔をして悪かったな。だが、今、家康を殺させるわけにはいかない。
佐助　あんたら、何者だ。
才蔵　まもなく家康が来る。こちらも無用な騒ぎは好まない。命が惜しくば黙って見ていろ。

鎌之助にどうすると目で問う佐助。

鎌之助　多勢に無勢だ。ここは素直に従おう。
佐助　わかった。

そこに服部半蔵と供の者数名を連れて現れる徳川家康。
幸村達に気づき、家康を守り身構える半蔵とお供衆。

半蔵　何奴⁉

幸村　真田左衛門佐信繁《さなださえもんのすけのぶしげ》。こんなところで御無礼つかまつる。徳川家康殿。

半蔵　真田だと。

家康　おお、おぬしが真田の次男坊か。

半蔵　ばかな。そなたは紀州九度山で蟄居のはず。その命を破って、この駿府まで来たというのか。

幸村　貴公は、服部半蔵殿か。

家康　ほう。伊賀の頭領の顔までご存じか。

幸村　徳川家の動きには気を配っておりました。

半蔵　ならばなぜ、蟄居の命を破られた。そのような無法は、そなたの命に関わりますぞ。

幸村　服部殿。私が動いたのは、家康殿から文をいただいたから。今回の大坂との合戦、徳川にお味方すれば莫大な恩賞がいただけるとのお話。直接お会いしてお返事申し上げたく、こうしてお待ち致しておりました。

家康　なるほど。腹は決めたかね。

幸村　お誘いありがとうございます。ですが、次にそのお顔を見る時は、敵味方となりましょう。

家康　徳川にはつかぬ、か。

半蔵　では兄上はどうなさる。そなたの兄、真田信幸殿は、大御所様に従っておられる。そなたが大坂方につくということは、兄上を困らせることにもなりかねませんぞ。

幸村　それは逆でございましょう。
半蔵　逆？
幸村　兄、信幸こそが真田の本流。兄が徳川様についている限り、それが真田家の本心。徳川殿への忠誠は、兄が身命を賭して尽くします。ここからの私は信幸が弟信繁にあらず。一介の牢人、真田幸村。そうご承知願いたい。
家康　幸村、と。
幸村　はい。
半蔵　そのような詭弁が通ると思うか。
幸村　真田は、詭計策略の将。偽りや謀《はかりごと》を多くして、この戦乱の世を乗り切ってきた。そう世間では言われております。ですが、この、偽り、謀、すべて戦場《いくさば》での誠《まこと》のためかと。
家康　なるほど。次に会うのは戦場か。
幸村　（うなずき）これら真田の勇士達、徳川様が率いる勇猛と名高き三河武士と一戦交えること、楽しみにしております。

家康に一礼する真田一党。

幸村　では、御免。

才蔵が印を斬る。と、辺り一面に白煙が立ちこめる。その煙の中に消える幸村とその一党。佐助と鎌之助もひとまず一緒に消える。

半蔵　く。霧隠れの術か。

と、追おうとする半蔵を止める家康。

家康　まあ待て、半蔵。

半蔵　しかし。

家康　きゃつめの言うた通りだ。真田は詭計策略の将。目眩ましの白煙に挑発されて森に乗り込むと、どんな罠が待っているやも知れぬぞ。

半蔵　……は。

家康　なに、案ずることはない。今はまだ何者でもない男が、かみつくことで牙があることを知らせたにすぎぬよ。

半蔵　え。

家康　……真田幸村、か。戦場《いくさば》での誠がどのようなものか見せてもらおうではないか。

笑う家康。

——暗　転——

【第二景】

大坂城。大広間。
大野修理亮治長《おおのしゅりのすけはるなが》と大野治房《はるふさ》。真田大助と望月六郎が控えている。
脇に控えていた侍が言う。

侍　秀頼様、淀の方様、お見えになります。

と、襖が開き、淀の方と豊臣秀頼が現れる。
一同平伏する。

淀の方　修理、真田幸村はどうしました。
修理　それが。
淀の方　まだ来ぬのですか。
修理　遅参の詫びに、幸村の子、大助と家臣の望月六郎が参っております。

大助と六郎、頭を下げる。

淀の方　そのような者どもが来てなんになる。

大助　え。

修理　申し訳ありません。

淀の方　……まさか裏切ったのではあるまいな。

六郎　そんな。

修理　淀の方様のお言葉ではございますが、それはないかと。

淀の方　なぜ。

修理　幸村殿は秀吉様に従った名将、真田昌幸殿のご次男。先の関ヶ原の合戦の折、昌幸殿とともに徳川秀忠の軍三万八千を、上田で足止めした罪で、父親ともども高野山麓《ふもと》の九度山に蟄居を命じられた身です。徳川への恨みこそあれ、寝返りはございません。

淀の方　ならばなぜ、いの一番に、この大坂城に駆けつけない。関ヶ原のいくさ以降、徳川家康が我が豊臣家をないがしろにし続けておる。太閤殿下のお子、秀頼様こそ真の天下人。兵を挙げて、そのご威光を関東の田舎武者どもに思い知らせねばならない、大切なときではありませんか。

修理　まさしく淀の方様のおっしゃる通り。そのために今、この大坂城に徳川に不満を持つ兵《つわもの》どもを集めておるのでございます。幸村殿はその武者達の要になると、この大野修理、見込んでおります。

大助・六郎　は。
淀の方　修理を信じればよいのですね。
修理　は。
淀の方　幸村の兄の信幸は徳川の傘下に入っている。それでもなお、弟の幸村が兄を頼らぬと言い切れるのですね。
大助・六郎　はい。
淀の方　その首をかけますね、修理。
修理　は？
淀の方　己の首をかけて、幸村の裏切りはない。そう言い切れるかときいているのです。そうなのですね、修理。
修理　……それは、ちょっと。
大助　修理殿。
六郎　そこで弱腰はないでしょう。
修理　いや、しかし。
治房　我々もまだ納得のいく遅参の理由を聞いておらぬ。胸を張ってかばいきれぬのはそのためだ。のう、兄上。
修理　まあ、そういうことだ。
秀頼　なぜ、こない。
淀の方　秀頼様。

秀頼　幸村はなぜこない。
修理　秀頼様、直接のお声がけは。（大助達に改めて問う）望月殿、改めて、幸村殿の遅参の理由、聞かせてもらおうか。
六郎　ですから、九度山を脱出するのに手間取っておりまして……。
治房　しかし、おぬしらはここに来ておる。
修理　息子と家来が来て、主の幸村殿が来ないとはおかしな話ではないか。
六郎　それは……。
修理　それは？
六郎　それは……。
修理　それは？
大助　父上は徳川家康に会いに行ったのです。

一同、驚く。

淀の方　……修理、こやつらを捕らえなさい。
大助　え。
淀の方　やはり思った通りです。幸村は裏切った。徳川に走ったのじゃ。こやつらは人質です。捕まえて牢に入れなさい。
修理　は！

大助　そ、それは違う！
六郎　そういう意味ではございませぬ！
修理　他にどんな意味がある！

と、幸村の声が響く。

幸村　ならばお教えいたしましょう。宣戦布告にございます。

現れる幸村。背に大きな地図を丸めてくくりつけている。

大助　父上。

ほっとする六郎と大助。

幸村　真田幸村、参上いたしました。
淀の方　遅い！
幸村　申し訳ありません。
修理　今、宣戦布告と言われたか。
幸村　はい。家康殿に直接、我が覚悟を伝えに行っておりました。豊臣に奉じ、秀頼公を守り

淀の方　抜く。その覚悟をでございます。
幸村　覚悟、ですか。
淀の方　はい。
幸村　まことに、ですね。
修理　この首にかけまして。
淀の方　淀の方様、幸村殿はこの大野修理が請うて、大坂城に来ていただいたお方。その言葉にいつわりはないかと。
淀の方　……わかりました。確かに関ヶ原のいくさの折りの、あなたの父君とあなたの功績は知っております。あなたが秀頼様のためにその命を賭けてくれるのであれば、今回の遅参はこれ以上とがめません。
幸村　ありがとうございます。
淀の方　幸村。あなたの父、昌幸殿のことは、亡き太閤殿下も大変気にかけておられた。今、昌幸殿がこの城におられれば、この淀もどんなに心強く思うか。
幸村　は。
淀の方　そなたも父君ほどの働きをしてくれればよいのですが。

その皮肉にムッとする大助。それを押さえる六郎。

淀の方　亡き父君にかわり、豊臣のために働ける機会を得たこと、幸運に思いなさい。さ、まい

秀頼　りますよ、秀頼様。
修理　幸村。徳川殿はどのようなお方であった。
淀の方　秀頼様。(直接のお声がけはと、秀頼を諌める)
秀頼様。

と、秀頼をうながして、淀君と秀頼は去る。
ともの侍もついて行く。

修理　幸村殿。あまり無茶はなさるなよ。

修理と治房も去ろうとする。

幸村　お待ちください、大野修理殿。
修理　まだ何か。
幸村　この城に入るまでの間に、徳川の布陣を密かに調べて参りました。ひとつ提案がございます。
修理　おお、さすがは名将真田昌幸殿の御曹司。なにか秘策が。
幸村　はい。

と、背の地図を大助と六郎に渡す。それを広げる大助と六郎。大坂から京、近江国あたりまでの地図が描かれている。

幸村　徳川の兵がこの大坂に到着するまで、まだ時間があります。今のうちにこちらから先手をとって出陣すれば、京の都を押さえてさらに近江国瀬田の砦まで押さえることもできます。

と、地図を示す幸村。

修理　……こちらから打って出よと。
幸村　この大坂の城には、今、徳川の世に一矢報いんとする武辺《ぶへん》の者達が集っております。今やその数は十万にもならんとしておるとか。この幸村が、その者達を率いて出れば、必ずや徳川の先手をとって見せましょう。

六郎と大助もおおきくうなずく。

修理　……がっかりですな。
幸村　え。
治房　兄上は失望したと言われているのだ。

大助　失望？

六助　若……。

と、大助をたしなめる六助。

修理　幸村殿、そなたはなにか勘違いをされておる。

幸村　……。

修理　確かにこの大野修理、黄金二百枚、銀二十貫の軍資金まで送りそなたの大坂入城を請うた。だが、それはそなたに豊臣の軍を指揮させるためではない。私が欲したのは、そなたの父君仕込みの籠城の術。

幸村　父と？

修理　そうだ。そなたのお父君、真田昌幸殿は、智にたけた名将と世に聞こえたお方。関ヶ原の戦の折、徳川秀忠の軍勢三万八千人を上田の城にひきつけ、合戦に遅らせた名采配は、天下に轟いておる。昌幸殿がご存命なら大坂は百万の味方を得たと同様。まことに心強い。だが、残念ながら昌幸殿は三年前になくなられた。

幸村　徳川の大軍相手にいかに戦うか、父は死の床まで考えておりました。

修理　そこよ。私が欲するは、お父君、昌幸殿の知恵。大軍を相手に上田城でしのいだ籠城の知恵だ。そばで見ていたそなたならばよく存じておろう。

幸村　確かに。しかし、それでどうやって徳川に勝ちますか。

修理　勝たなくてよい。負けさえせねばな。

幸村　……。

治房　この大坂の城は天下の城塞。十万が籠城しようが一年、いや二年はもつ。

修理　弟のいうことは大げさではないぞ。この国の黄金の半分は、今でもこの大坂城にある。それを攻める徳川軍の資金が尽きる方が先だ。こちらは耐えに耐えていれば、やがて向こうが音を上げる。家康に味方する大名の中にも、太閤秀吉様のご恩を思い出す者も必ずいる。徳川軍に亀裂が入る。そこで和睦を受け入れさせる。こちらに有利な条件でな。

幸村　それが修理殿の策ですか。

修理　ああ、私と治房で考えに考え抜いた策だ。奇をてらう謀《はかりごと》ばかりが策ではない。

幸村　……。

修理の言葉に六郎と大助も悔しい。

修理　……それにな、こんなことは言いたくないが、家康と互角に渡り合った名将と名高いお父上の昌幸殿ならともかく、今のそなたが声を上げたところで、この城に集まった武士は誰一人ついては行くまいよ。

大助　そんな。

治房　真田幸村という名前は、まだ世には知られていない。貴公は、お父上の影に過ぎん。

修理　言葉が過ぎるぞ、治房。

治房　は。
修理　まあ、この城に入ったからには、余計なことはせずに私に従ってくれ。そうすればそなたを悪いようには扱わぬ。では。
治房　よく心得られよ。幸村殿。

修理と治房、立ち去る。
怒りをあらわにする大助。

大助　あいつら、好き勝手なことばかり！
幸村　よせ。
大助　でも、あまりに父上を愚弄した言い方！
幸村　いいんだ、大助。
大助　でも。
幸村　（一瞬怒りが吹き出る）静まれと言っている！
六郎　若。

幸村の剣幕といさめる六郎に大助、おとなしくなる。

幸村　（ため息をつき）……世の中甘くはないな、六郎。

六郎　殿。

幸村　大坂に入るのにはったりをかましてやろうと、わざわざ家康に会いに行ったが、結局、己の小ささを思い知るばかりだ。俺は、家康にとっては真田信幸の弟、大野修理にとっては真田昌幸の息子でしかない。

六郎　そんな。

幸村　が、だからこそ、俺はこの戦で俺自身の名を轟かせる。真田幸村という名前をな。四十を過ぎてこんな青臭いことを言っているのはおかしいか、大助。

大助　いいえ。父上が何者でもなければ私は何者でもない者の息子になります。それは困ります。

幸村　そうか。確かにな。

大助　この上は、いくさで目に物見せてやりましょう。真田幸村の力を。

幸村　ああ。お前も頼むぞ、大助。

大助　はい。

うなずく大助。

六郎　若、殿。

それを見て六郎もうなずく。

――暗転――

【第三景】

大坂城は本郭の外に二の郭三の郭が作られている。そこは巨大な町と化していた。豊臣方の武士の他、徳川に不満を持つ牢人達も集まり、彼らに対し商売をする町民達も住み着き、いまや十万にならんとする民がここに集まっているのだ。
往来はそれらの人々で賑わっている。その人々の中を歩く鎌之助と佐助。

佐助　すごい人だな。これが城の中か。
鎌之助　ここは総構《そうがまえ》と言って一番外側だ。この先に三の丸二の丸と続いて、その奥の本丸にそびえ立つのが大坂城だ。
佐助　そんなに広いのか。
鎌之助　太閤秀吉が金にあかせて作った城だからな。ここに今、十万の人間が集まってる。
佐助　十万⁉
鎌之助　本丸の中だけでも一万人は暮らしてる。
佐助　一万⁉
鎌之助　いや。女だけでも一万だったかな。

佐助　あの城の中に、女が一万⁉

鎌之助　淀の方とかその家来とか奥女中とかそんな輩がうじゃうじゃと。秀頼はその女に囲まれて育ってきたって話だよ。

佐助　なんだよ、それ。

鎌之助　ひがむなひがむな。いくらきれいな女でも、それだけうじゃうじゃいたら、かえって有り難みが減るってもんだよ。それよりもほら。

と、指さす一角。

牢人達がすむ一角にある飯処がある。

酒と飯を出す小さな店だ。

いくつかの卓と椅子が置いてある。

そこで働く若い娘ハナ。多くの牢人たち、客を相手にきびきびと動いている。

鎌之助　はきだめに鶴。ああいう野辺に咲く花こそ、ほんとに男の心に響く女だと思うね。

と、そのハナをぼんやり見ている佐助。

佐助　……。

鎌之助　おい、佐助。

佐助　……。
鎌之助　佐助！
佐助　え、ああ。
鎌之助　いきなり響きすぎだ。
佐助　腹減ったな。飯食おうよ。
鎌之助　お前、分かりやすすぎるぞ。
佐助　え。
鎌之助　お前は女に慣れてないから気をつけろよ。俺たちがここに来た目的を忘れるな。
佐助　わかってる。
鎌之助　だといいけどな。

いそいそとハナの店に行く佐助。

ハナ　いらっしゃい。今日は大根がよく煮えてますよ。
佐助　あ、じゃ、それを。
鎌之助　あと、酒をくれ。
ハナ　はい。

と、大根の煮付けの入った皿と徳利を持ってくる。佐助、大根を食べる。うまさに驚く。

佐助　あー、これ、うまい！　うまいなあ。（ハナに）おいしいよ、これ。すごくおいしい。
ハナ　ありがとう。

酒を飲んでいる鎌之助に大根を勧める佐助。

鎌之助　ご機嫌取りがうまいじゃないか。
佐助　違う。ほんとにおいしいんだよ。食べてみなよ。ほんと、うまいよ。
鎌之助　いや、俺は酒で充分。
佐助　いいから。
鎌之助　しょうがねえな。（と、食べる。おいしくて驚く）これ。（と、言葉にならない）
佐助　だろ。
鎌之助　佐助、あの女、掘り出しもんだぞ。
佐助　いや、俺はそんな。
鎌之助　あの器量でこれだけ料理がうまきゃ問題なしだ。狙い目だな。
佐助　だから、そんなんじゃないって。
ハナ　（二人の騒ぎに怪訝な顔）あの、なにか……。
佐助　いや、何も。うまくて驚いただけ。
ハナ　あ、ありがとう。

佐助　こんな料理が食べられるなら、毎日通うよ。
ハナ　嬉しい。きっと作った本人も喜ぶわ。
佐助　え？
ハナ　清海さん、伊佐さん。
清海・伊佐　おう！

と、呼ばれた清海と伊佐が店の裏から出て来る。板前のようにたすき掛けの前掛け姿。

ハナ　この人が、大根すごくおいしいって。
清海　そうか。うまいもんがわかるとはやるな、小僧。

驚いている佐助と鎌之助。

佐助　……こいつらが作ったの。
ハナ　そう。時々手伝ってくれるの。
清海　こいつらとはなんだ。
鎌之助　待て、こいつらどこかで。
伊佐　だからこいつらとはなんだ。
佐助　幸村の家来だよ。駿府の森で会った。

清海　あ、お前ら、あの時のはぐれ忍びか。
伊佐　なんで、こんなとこに。
鎌之助　こんなとこはあんたらだろう。なんで真田の家臣が、こんなところで大根煮付けてる。
清海　義を見てせざるは勇なきなり。困ってる者がいたら助けるのが、俺達真田の勇士だ。
佐助　妙な下心がなきゃいいけどな。
伊佐　なんだと。
清海　この店はなあ、ハナちゃん一人で切り盛りしてんだ。それが大変だからと手伝ってやってるだけだ。下心なんかない！
佐助　人が大声出すときは、だいたい図星指されて誤魔化すときだ。
伊佐　誰がそんなこと言った。
佐助　（鎌之助をさす）その男だ。
伊佐　なに。（と、鎌之助をにらみつける）
鎌之助　おいおい、俺を巻き込むなよ。でもまあ、確かにここは、佐助の言う通りかな。駿府の森で会った時よりも、お二方の鼻の下が長くなってるぞ。
清海・伊佐　なにい！
ハナ　ちょっと、店でけんかはやめて。
清海　わかった。表に出ろ、小僧。
ハナ　表でもけんかは駄目。

ハナはとめるが、佐助・鎌之助と清海・伊佐はもみあっている。
と、そこに現れる才蔵と幸村。
騒ぎに気づく才蔵が声をかける。

才蔵　清海、伊佐、何を騒いでいる。
清海　とめるな。俺たちは今、真田の面子が通るかどうかの瀬戸際なんだ。
幸村　ずいぶんと大げさな物言いだな。清海。
清海　あ、殿。

幸村に気づき慌てる清海と伊佐。

清海　ちょっと生意気な男がおりましたゆえ、こらしめてやろうかと。
伊佐　やろうかと。
才蔵　清海のことだ。また、些細なことに腹を立てたのではないか。
清海　才蔵。また、お前はよけいなことを。
伊佐　しかしなぜ、殿がここに。
幸村　お前達がやたらに出入りしている店があると聞いてな。ずいぶんとうまい飯を出すそうではないか。（ハナを見て）あるじはどこかな。
ハナ　あるじというか、この店なら私が一人で……。

幸村　そんなに若い身で、一人で切り盛りしているのか。
ハナ　はい。
清海　遠縁のじいさん頼ってここに来たんですが、そのじいさんも病で亡くなったとかで。
伊佐　若い女が一人で物騒だからと、俺と兄者が折を見て用心棒代わりに来てたんです。
鎌之助　その用心棒が、喧嘩騒ぎ起こしちゃ世話ないな。
清海　てめえ。
幸村　おぬし達は確か……。
鎌之助　俺は由利鎌之助。こっちは猿飛佐助。よかった。あなたを探していたのです。真田幸村様。
幸村　俺を？
鎌之助　俺達は、あなたと家康とのやりとりを聞いてしびれちまった。家康倒すのはあなたしかいない。駿府の森でははぐれてしまったが、大坂城に入られると聞いていたから、ここまで追ってきたんです。
才蔵　幸村様に仕えたいと言うのか。
鎌之助　はい。俺達は、この腕だけを頼りにこの戦乱の世を渡ってきた、主持《あるじも》たずのはぐれ忍び。必ずお役に立てるかと。

片膝をつき頭を下げる鎌之助。佐助も同様に跪く。

清海　ちょっと待て。そう簡単に幸村様の家来になれると思うなよ。
伊佐　おう。そこまで言うならお前らの腕を見せてもらおうか。
佐助　腕試しか。

と、佐助と鎌之助、立ち上がる。

清海　来い、小僧。この三好清海入道が相手になってやろう。

錫杖を構える清海。佐助は刀を抜かない。

清海　剣を持て。
佐助　俺はこれで。（素手でいいという）
清海　ふん。余裕だな。
佐助　そっちも一緒に。（と、伊佐を指す）
伊佐　なに。
鎌之助　かまわないですよ。二人がかりでどうぞ。
幸村　だそうだ。かまわないからやってみろ。
清海　では遠慮なく。
伊佐　参る。

清海と伊佐が錫杖で打ちかかる。それを素早い動きでかわす佐助。一瞬、清海と伊佐の身体に触れるがまた離れる。

清海　なんだなんだ。逃げ回るだけでは敵は倒せんぞ。
伊佐　鬼ごっこじゃないんだ。

と、いいながら錫杖をふるうが、才蔵が止める。

才蔵　そこまでだ、清海、伊佐。
清海　なにが。
伊佐　まだ、何もしていないぞ。
才蔵　佐助、見せてやれ。
佐助　へえ、気がついた。

と、銭袋を二つ出す。

佐助　ほら、返すよ。

と、隠し持っていた銭袋を清海と伊佐に投げる佐助。

清海　（銭袋を見て）これは俺の。

伊佐　（銭袋を見ると身体をまさぐり）お前、いつの間に。

佐助　さっきすれちがった時だ。

伊佐　なに⁉

清海　しかし、これは盗っ人の技だ。こんなものが腕試しになるか！

才蔵　落ち着け、清海。相手に気づかれずに懐の財布を盗めるということは、相手に気づかれずに腹に短刀を突き刺せるということだ。

清海・伊佐　う……。

と、一瞬言葉に詰まる。

幸村　まんまとしてやられたな。

笑い出す清海と伊佐。

清海　いやあ、まいった。確かに才蔵の言うとおりだ。やるな、小僧。

佐助　え。

清海　だが、次も同じ手を喰らうと思うなよ。なあ、伊佐。
伊佐　おう。

と、快活に笑う二人。戸惑う佐助と鎌之助。

幸村　その二人ならいつもそんなものだ。一度認めたら根にもたない。
清海　おう。
幸村　由利鎌之助と猿飛佐助か。ともに家康の首を狙うか。
佐助・鎌之助　はい。
幸村　よろしく頼む。

頭を下げる幸村。
跪く佐助と鎌之助。

才蔵　しかし、殿。
幸村　どうかしたか、才蔵。
才蔵　この二人、単純に殿に惚れてここに来たとも思えませぬが。
幸村　だろうな。
鎌之助　いや、そんなことは。

幸村　ごまかさなくていい。それでいい。そのくらいの方がいい。

佐助　え。

幸村　世の流れに逆らい、徳川に一泡吹かせてやろうとこの城に来た者たちだ。腹に一物抱えていなくてどうする。おぬしらはその腹ごと、俺とともに戦ってくれればいいのだ。

鎌之助　……はは。

幸村　才蔵、真田の屋敷へ案内してやれ。

才蔵　は。

幸村　（ハナに）清海達が迷惑をかけたな。

ハナ　いえ、そんな。よくしてもらっています。

幸村　何かあったら、遠慮なく言ってくれ。

ハナ　ありがとうございます。

幸村、立ち去る。その後ろ姿を惚れ惚れと見る清海と伊佐。

清海　あれが、真田幸村というお方よ。（佐助達に）改めて、三好清海入道。

伊佐　弟の三好伊佐。

才蔵　霧隠才蔵だ。こい、屋敷はこちらだ。他の者達もそこに住んでいる。

幸村の後を追う才蔵、清海、伊佐、鎌之助。

佐助、ハナをチラリと見るが後に続く。
その姿を見送るハナ。その視線は、今までと違いなにやら子細ありげ。

――暗　転――

【第四景】

大坂城内。秀頼の寝所。
眠っている秀頼。
闇の中から人影が現れる。
佐助だ。寝ている秀頼の顔をじっと見つめている。
ある程度見つめると立ち去ろうとする佐助。
と、目を閉じたままの秀頼が声がかける。

秀頼　何奴だ。寝顔だけ見て去るなど気持ちの悪いことをするな。
佐助　気づいていたのか。
秀頼　なんだか気配がした。おぬしは何者だ。
佐助　……佐助、猿飛佐助。
秀頼　佐助か。面白い名前だな。男がこの寝所まで来るのは初めてだぞ。
佐助　あの程度の見張りなら、気づかれずに来るのはたやすいことだ。
秀頼　そうなのか。

佐助　ああ。
秀頼　そうか。佐助とやら。よかったらたまに忍び込んで外の話を聞かせてくれ。
佐助　外の話をか。
秀頼　ああ。私はこの城の中から、殆ど出たことがないのだ。
佐助　なに。
秀頼　覚えているのは、徳川家康殿と京で会ったときだけだ。外は面白いな。
佐助　なぜ外に出ない。
秀頼　母上が望まれない。私が城の外に出れば、たちまち徳川に殺されると思っている。
佐助　……話はしない。
秀頼　なに。
佐助　人から聞いてなんになる。お前が自分の目で見ろ。外に出たくなったら俺が出してやる。
秀頼　それはできぬ。
佐助　命が狙われるなら俺が守ってやる。豊臣の長が、外の世界も知らないでどうする。
秀頼　私に意見するか。
佐助　したらどうした。
秀頼　者ども、賊じゃ！　出会え出会え！
佐助　お前。
秀頼　逆らう者は許さん。
佐助　このわがまま坊ちゃんが！

逃げだそうとする佐助だが、周りを駆けつけた侍が取り囲んでいる。逃げ出せないと覚悟する佐助。

×　×　×　×

闇に浮かび上がる才蔵と六郎。そこに駆けつける大助。

大助　六郎、才蔵。
才蔵　どうされた、大助殿。
大助　佐助が大変なことをしでかした。
六郎　佐助。あの新参者がどうなされた。
大助　よりにもよって秀頼様の寝所に忍び込んだ。
六郎　な、なにい！　なんとまあ恐れ知らずな。
才蔵　何かあるとは思っていたが、そこまで無茶をするとは。殿はどうしておられる。
大助　今、淀の方様に呼び出されている。
六郎　まずいぞ、才蔵。それじゃなくても淀の方様は、殿を徳川の間者ではないかと疑っている。へたをすると殿のお命が。
大助　そんな。
才蔵　六郎、みんなを集めろ。
六郎　おう。いざとなれば我らが命に代えても殿をお守りする。

才蔵　と、息巻くおっちょこちょいが出かねない。

六郎　え。

才蔵　それじゃなくても清海や伊佐のような血の気の多い連中がいるんだ。俺達が冷静にならなくてどうする。落ち着けよ、六郎。

六郎　お、おう。その通りだ。決して早まってはなりませぬぞ。わかりましたな、若。

大助　いや、私は落ち着いてるから。

才蔵　とにかくみなを。

うなずき走り去る三人。

×　　×　　×

大広間。

上座に淀の方がいる。その横にいる修理と治房。彼らに対峙するように座っている幸村。すみに縛られている佐助。警護の侍が佐助を見張っている。

淀の方　幸村、これはどういうことです⁉　この不逞の輩、おぬしの手の者というではありませんか！

修理　幸村殿。それに違いないか。

幸村　は。こ奴は猿飛佐助。確かに、私の配下の者でございます。

治房　秀頼様の寝所に忍び込むとは、とんでもないことをしてくれたのう。

幸村　まことに申し訳ありません。
淀の方　この城を去れ、幸村。
幸村　……。
淀の方　そのようなふざけた顔、二度と見たくない。一党を引き連れて、この大坂城を去るがいい。
修理　残念だが、やむを得まいな。
治房　その不埒者の始末は我らがする。
幸村　佐助をどうされるおつもりですか。
治房　むろん打ち首だ。
佐助　え。
治房　本来ならそなたの首も欲しいところだ。大坂城からの放逐ですむことを有り難く思え。
修理　淀の方は、無用な血が流れることを好まない。お方様の温情に感謝することだな。
幸村　……困りました。
修理　何を困ることがある。命を助けてやろうというのだぞ。
幸村　ならば佐助の命もお助けください。
淀の方　それはならぬ。
幸村　では、落とさねばならぬはこの幸村の首。佐助ではなく私を打ち首にしてください。
修理　なに。
治房　どういうつもりだ。

幸村　秀頼様の寝所に忍び込むよう、この男に命じたのは私です。罪があるとすれば、この幸村。

佐助　え……。

修理　何を言う。

淀の方　やはり、おぬし、徳川の手の者か。

幸村　その逆でございます。

修理　逆？

幸村　豊臣の家を、秀頼公のお命を大事と思えばこそ、その佐助に命じたのです。

修理　どういうことだ。

幸村　今のこの城の守りでは、もし徳川の間者が秀頼公の首をかきに来てもたやすいこと。私が口で言っても何も聞いてはくれませぬ故、それを実証して見せました。

治房　そのような言い逃れが通用すると思うか。

淀の方　治房の言う通りじゃ。ただの言葉では、おぬしが徳川方ではないという証拠にはならぬ。

幸村　ならば、なぜ秀頼公は生きておられる。

治房　う。

幸村　秀頼公のご無事こそが、我が真田が豊臣への忠誠の証でございます。おわかりいただけませぬか、淀の方様。

淀の方　それは……。

幸村　なき秀吉公こそ唯一の天下人。我が父昌幸もこの幸村も、そう信じておりました。その

修理　太閤殿下が築き上げたこの豊臣への忠誠心は一度たりとも揺らいだことはございません。

幸村　ひとたび徳川とのいくさになれば、この真田幸村の武将としての覚悟、必ずやお見せいたしましょう。

修理　大きく出たな。何か策があるのか。

幸村　ございます。

治房　どのような。

幸村　この大坂城の図面をご用意願いたい。

修理　我らに指図するつもりか。

幸村　ご用意願いたい！

幸村の剣幕に気圧される修理達。

修理　誰か、図面を。大坂城の図面を持て。

小姓が大きな大坂城の図面を持ってくる。
それを指し示して語る幸村。

幸村　太閤殿下が造られた天下の要害大坂城。その北と東は淀川、大和川、平野川に、西は東横堀に守られております。敵がこの三方から襲ってくるのは、まず不可能。とすれば南、

修理　空堀はありますがここを攻めてくるに違いありません。ここに出丸を造ります。我ら真田の兵がその出丸に詰める。南から攻めてくる敵は、この真田幸村が率いる真田丸で防いでご覧にいれましょう。

幸村　総構の外に出丸を造るというのか。

治房　それこそが、修理殿が望んだ真田の籠城術。

幸村　しかし……。その上で、もしもまだこの幸村を疑うというのなら、鉄砲隊をこの出丸の後ろに控えさせるがよい。もし我が軍が怪しき動きをした場合は、徳川の兵ごと、この幸村を打ち倒したまえ！

幸村の気迫に押し黙る淀の方、修理、治房。

幸村　なにとぞ出丸の普請のご許可を。

修理、うかがうように淀の方を見る。幸村に気圧されているため、うなずく淀の方。

修理　わかった。南の守り、頼んだぞ。

幸村　この命に代えて。

立ち去ろうとする淀の方達に言う幸村。

幸村　お待ちください。そこの佐助も、真田の得がたき兵《つわもの》。来る徳川との戦いでは大いに力を発揮する男。今はその首、この幸村に預からせていただけませぬか。

再び淀の方を見る修理。

淀の方　かまいません。好きになさい。

幸村　ありがとうございます。（頭を下げる）

言い捨てるとそそくさと立ち去る淀の方。

修理　あ、お待ちください。

侍達、佐助の縄を解く。
頭を下げている幸村をにらみつけるが、踵を返して立ち去る治房。佐助を見張っていた侍と地図を持った小姓も立ち去る。
残される幸村と佐助。

幸村　ふう。首はつながったな。
佐助　……すごいな、あんた。あんたの迫力に、あの高慢ちきな女もたじたじだったぞ。あれ、あの戦法、ずっと考えてたのか。
幸村　（不敵に笑い）今、思いついた。
佐助　え。
幸村　今、大坂城を追い出されたら格好つかないからな。こっちも必死だったよ。
佐助　じゃあ、あれ、口からでまかせか。
幸村　ああ、でまかせだ。だが、でまかせも正鵠を射抜けば真実となる。いくさに筋書きはない。このくらいのでまかせ、瞬時に思いつかなくて敵の裏がかけると思うか。
佐助　ますます、すげえな。
幸村　おいおい。誰のせいだと思ってる。
佐助　……ごめん。
幸村　しかし、秀頼様の寝所に忍び込むとは恐れ知らずもいいところだな。何を考えてる。
佐助　……顔が見たかった。
幸村　顔？
佐助　え、あ、秀頼様のために命をかけて戦うんだ。どんな顔してるか、一度見てみたかった。
幸村　それで自分の命をなくしちゃ意味がないだろう。二度と勝手な真似はするな。どうせ捨てるなら、その命、いくさで捨てろ。
佐助　わかった。

そこになだれ込んでくる六郎、才蔵、清海、伊佐、十蔵、小介、甚八、大助、鎌之介。
一同、口々に「殿ーっ！」「幸村様ーっ！」などと言いながら入ってくる。

六郎　おおお、殿ーっ！　よくぞご無事で。
清海　いやー、よかった。

と、幸村を取り囲む。鎌之助は佐助に言う。

鎌之助　この馬鹿野郎。心配させせんじゃねえ！
佐助　ごめん。
才蔵　話は聞きました。さすが殿。真田丸とはよく考えられた。
甚八　あの大野修理のへこんだ姿、拙者も見たかった。
幸村　ああでも言わないと収まらないからな。だが、お前達を死地に置くことは間違いない。
大助　心得ています。

幸村、うなずくとそれぞれの名前を呼ぶ。

幸村　霧隠才蔵、望月六郎、根津甚八、穴山小介、三好清海、三好伊佐、筧十蔵、真田大助、由利鎌之助、猿飛佐助。

それぞれ自分の名前を呼ばれるとうなずく。

幸村　お前達こそ真田十勇士。この十人が真田の柱だ。今度のいくさ、死にものぐるいで勝て。そうでないと明日はないぞ。

一同　おう！

うなずく一同。

――暗　転――

【第五景】

総構の外側。真田丸を普請している。
人足達が工事をしている。
ハナが荷車に弁当を積んで現れる。

ハナ　みなさん、お食事ですよ。

男達「おお」と歓声を上げてハナの周りに集まる。弁当を配るハナ。

ハナ　あの、真田の御家中のみなさんは。

「あっちのほうだ」と教える人足達。

ハナ　ありがとうございます。

と、荷車を押して立ち去るハナ。

×　×　×　×

別の場所。

幸村と大助が普請の様子を見ている。

大助　だいぶ出来てきましたね。

幸村　ああ。巨大な川に打ち込む一本の杭かもしれんがな。

大助　川は、徳川ですか。

幸村　そうだな。家康は、どうでもいくさで豊臣を潰す気だ。へたに抗わぬ方が、早くいくさは終わり、民達も喜ぶかもしれない。ひょっとしたら、俺はただのわがままをやっているのかもしれない。

大助　……父上。

幸村　だが、黙って滅んではいけないのだ。大きな川は時として、その流れに自分の行いすら見失う。杭を打ち込み、その行いが痛みを伴うことを教えてやらなければ、流れは暴走し傲慢となる。俺はそう思っている。

大助　だったら、私もその杭の重さ、知らなければなりません。今はこの身体で。

幸村　ああ。

大助、人足達にまじり作業を始める。

幸村は他の場所の進行具合を確認に行く。
少し離れた場所。
材木を運んでいる穴山小介と根津甚八。
甚八が音を上げる。

甚八　ちょっと休むぞ、小介。
小介　またですか。
甚八　わしはもともと、こちらが専門だ。（と、頭を指し）こういう力仕事はどうも苦手だ。

その横をほいほいと荷物を運んで通り過ぎる清海と伊佐。

清海　徳川の軍も近づいている。一刻も早くこの真田丸を完成させんとな。
伊佐　ああ、早く大暴れしたいぜ、兄者。

と、通り過ぎる二人。

甚八　な、こういうことはあ奴らにまかせればいい。

荷物をもった十蔵が一輪車で走ってくる。

小介　精が出るな、十蔵。銃以外に無関心なお前が珍しい。
十蔵　（戻ってきて）この出丸ができれば、思う存分銃が撃てる。

と、一輪車から降りて、小介に一丁の鉄砲を渡す。

小介　ん？　こりゃ火縄がないじゃないか。
十蔵　火縄の代わりに火打ち石をつけている。（と、撃鉄を見せる）これならいちいち火縄に火をつけなくてすむ。弾はこれだ。（薬莢を見せる）
小介　早合《はやごう》か。
十蔵　普通の早合は紙だが、これは鉄製だ。中には小さい鉛の弾がいくつも入っている。これなら一発で多くの敵に致命傷が与えられる。

今で言うショットガンである。

小介　お前もいろいろ工夫するなあ。
十蔵　俺は早くいくさでこれを試してみたい。

小介から銃を奪うと、一輪車で去る十蔵。

甚八　十蔵の鉄砲にかける情熱は、度を超してるな。

小介　普段は無口なんだけど、鉄砲のこととなると目の色が変わるから。

甚八　口から先に生まれたようなわしらとは正反対だ。

小介　らは、余計でしょ。……しかし、この出丸で本当に徳川の兵がしのげるのかな。

甚八　しのげるさ。我らが殿、幸村様ならば。勝算があればこそ、ここまで布石を打ってこられたのだから。

小介　布石？

甚八　ああ。殿が真田幸村の名をあげることに、なぜあれだけこだわっておられると思う。

小介　というと。

甚八　お前、この世の流れがどうなると思う。豊臣と徳川、これから世の中の中心になるのはどちらだ。

小介　そりゃ、徳川だろう。豊臣は駄目だね。てっぺんにいるのがあの淀の方だろう。あれじゃ、先はない。

甚八　だろう。お前がそう思うくらいだ。幸村様だってそのことは充分に承知なさっているはずだ。だから、このいくさで名を売る。徳川家康に一矢報いれば、家康も殿の価値を大きく認められるはずだ。

小介　え。じゃあ、このあと家康につくっていうのか。

と、通りがかった才蔵、二人の話が気になり立ち聞きする。

甚八　ああ。だから、わざわざ危ない橋を渡ってまで、大坂城入城前に家康に会いに行ったんだ。自分の顔と名前を売りにな。

小介　わかるなあ。その気持ち、わかる。

甚八　でもな、だからこそこのいくさ、絶対に勝たなきゃならん。ここで死んだら元も子もない。殿と俺達の明日のためには、絶対に勝つ。

小介　わかった。いくさに勝って出世をつかむ。頑張りましょう。

と、才蔵が二人をしかる。

才蔵　いい加減にしろ！

甚八　才蔵。

才蔵　見下げ果てた奴だな、貴様らは。殿は、武士としての最後の意地を貫き通すために、真田の武辺の名を残すために、この大坂城を死地と選んだのだ。我らの明日とは、武士として見事に意地を見せ名を残し果てるということだ！　それをなんだ。殿が打算に走るものか！

甚八　わかったわかった。そんなに怒るな。

才蔵　二度とそんなことを口にするんじゃない。わかったな！

甚八　ああ、ああ。わしが悪かった。
才蔵　わかったら作業に戻れ！　さ、早く！
小介　戻る戻る。
甚八　（小声で）めんどくさい奴に聞かれたな。
才蔵　なんだと。
甚八　なんでもありません。ほら、小介、仕事するぞ仕事。
小介　はいはい。

甚八と小介、うなずくと作業に戻る。
その少し前からハナが弁当を持って現れている。

才蔵　（ハナに気づき）ハナさんか。みっともないところを見られたな。
ハナ　いえ。……あの、お弁当をもってきたんですが。
才蔵　ありがとう。その辺に置いておいてくれ。
ハナ　はい。
才蔵　いつもすまないな。ハナさんの店の弁当じゃないと、みんな、力が出ないと文句言うんだ。
ハナ　うれしいお言葉です。
才蔵　じゃ、これ。（と小銭をわらでつなげたものを渡す）

ハナ　（とその銭を見て）これはいただきすぎでは。
才蔵　我々の気持ちだよ。
ハナ　ありがとうございます。（周りを見て）……立派な砦ですね。
才蔵　ああ、殿が苦心の出丸だ。
ハナ　これなら、徳川の兵も追い返せますね。
才蔵　……ハナさんは出丸の構造がわかるのかい。
ハナ　砦はわからないけど、しっかりした建物だってことはわかります。みなさんのお心がこもった。
才蔵　ああ、その通りだ。
ハナ　あの、佐助さんは……。
才蔵　佐助か。

ちょうど佐助が通りかかる。

才蔵　お、あそこだ。
ハナ、佐助の方に駆け寄る。
才蔵、そのハナに一瞬鋭い視線を投げるが誰も気づかない。立ち去る才蔵。

ハナ　佐助さん。
佐助　あ。
ハナ　よかった。また会えて。
佐助　え。
ハナ　秀頼様の寝所に忍び込むなんて、そんな無茶、なんでするの。
佐助　なんでそれを。
ハナ　清海さんと伊佐さんが。
佐助　また酔っ払って余計なことを。
ハナ　話聞いたときには、こっちが死ぬかと思ったよ。
佐助　え。
ハナ　ほんとに心配したんだから。

と、布袋を出す。

ハナ　住吉大社でもらってきた。

佐助が袋をあけると中に小石が三つ入っている。

佐助　小石？

ハナ　字が書いてあるでしょ。
佐助　ああ、「五」「大」「力」。（と、一個一個に書いている文字を読む）
ハナ　住吉さんの境内に小石が転がっててそこに文字が書いてあるの。三つの文字の石を探して、拾ってきた。有名な五大力のお守りよ。
佐助　わざわざそんなこと。
ハナ　佐助さんの無事を祈ってきたから。
佐助　……ハナさん。
ハナ　もう、無茶はしないって約束して。
佐助　なんで俺のことそんなに。
ハナ　……なんか、佐助さん、何しでかすかわからないところがあるから。
佐助　でも今からいくさだぞ。命がけになる。
ハナ　だからよ。だから、死んじゃいけない。
佐助　……わかった。ありがとう。

布袋を握りしめる佐助。

ハナ　佐助さん。秀頼様に会ったの？
佐助　ああ。
ハナ　すごい。

佐助　すごいか。
ハナ　ええ、だって豊臣のお殿様でしょ。ここに集まったお侍達はみんな秀頼様の家来になるんでしょ。
佐助　みんなとは限らないよ。
ハナ　どんな人だった？　やっぱり立派なお侍？
佐助　そんなんじゃない。ただのわがまま野郎だ。
ハナ　ほんとに？
佐助　ああ。
ハナ　でも、太閤秀吉様の血をひくんですもの。やっぱり普通の人とは違うわよね。
佐助　そんなに秀頼のことが気になるのか。
ハナ　呼び捨てはまずいわよ。恐れ多い。
佐助　あんな奴、全然たいしたことはない。俺の方がすごいよ。
ハナ　そりゃ、忍び込んだ佐助さんもすごいけど。

佐助、ちょっと迷うが懐から守り袋を出す。

佐助　きれいだろう。
ハナ　うん。でもそれがどうしたの……。

と、そこに現れる鎌之助。血相を変えて佐助に怒鳴る。

鎌之助　佐助！

と、表情を和らげ佐助に近寄る。

鎌之助　ちょっと来い。急用がある。（ハナに）話してるところ悪いね。また、店に行くから。
ハナ　あ、いいんです。
鎌之助　行くぞ。
佐助　わかった。（ハナに）じゃ。
ハナ　うん。気をつけてね。

と、ハナから引き剝がすと別の場所に連れて行く鎌之助。
ハナも佐助を見送ると、急ぎ足でその場を去る。
人気のない場所に来る佐助と鎌之助。表情が険しくなる。

鎌之助　何考えてんだ、お前。その守り袋を見せてどうしようってんだ。
佐助　別に中まで見せようってんじゃないよ。そのくらいはわかってる。
鎌之助　調子に乗るんじゃない！

佐助　……。

鎌之介　秀頼の所に乗り込むは、女に甘い顔をするは、何を考えている。俺はそんなことのためにお前を育てたんじゃない！　この馬鹿野郎！

佐助を殴りつける鎌之介。

鎌之介　いいか、自分が何者か。何をするためにここにいるのか、よく考えろ。

そう言うと立ち去る鎌之助。呆然と立ちすくむ佐助。
そして、その様子を気づかれないように才蔵が見ている。

——暗　転——

【第六景】

茶臼山。徳川軍の本陣。
厭離穢土欣求浄土《おんりえどごんぐじょうど》や葵の紋の本陣旗。金扇の馬印などがある。
床几に腰掛けて、布陣図を見ている家康と家臣たち。
そこに入ってくる服部半蔵。

半蔵　殿。

家康　うむ。（家臣達に）お前達。

下がれという下知に、家臣達は立ち去る。
入れ替わりに入って来る女忍び。その顔はハナ。実は伊賀の忍び、花風《かふう》だったのだ。

花風　花風、まいりました。

家康　おお。よく戻った。大坂城内に入ってわずかの間に、よくここまで調べ上げたな。

花風　うまい具合に牢人達が集う飯屋がありましたので、そこを拠点に。あるじも身寄りのな

半蔵　い年寄り一人でしたから、居着いても誰も怪しみません。
家康　その年寄りはこちらで始末いたしました。
花風　おぬしの調べで大坂城の様子が知れた。ご苦労だったぞ。
家康　ありがとうございます。多くの牢人者が入っておりますが、それを束ねるだけの将が豊臣方には欠けるかと。戦いに秀でた者は幾人かおりますが、軍師とも言うべき大局を見据える者がおりません。
花風　淀の方がいる限り、そうなろうな。
家康　城内の警護も甘おございます。先日は真田幸村配下の佐助という者が、秀頼殿の寝所まで忍び込みましたほど。
花風　ほう、幸村の家来が。
半蔵　佐助からは秀頼の様子などじっくり聞き出してこようと思っております。
花風　寝所に忍び込むとは、えらく跳ねっ返りの男だな。
半蔵　何やら裏があるような気も。そちらは私におまかせ願えますか。
家康　ああ。
花風　幸村と言えば、南の総構の外に築いた出丸。あれも奴の仕業だな。
家康　はい。南から攻める兵は真田の兵が倒すと豪語したとか。
半蔵　ふふん。なるほど。幸村め、命を賭けて名を売るつもりか。
家康　いかがいたしましょう。花風に命じ事前に火などかけさせましょうか。
　　　いや、今度のいくさは見せいくさだ。派手な方がいい。真田の若造が大芝居、のってや

半蔵　ろうではないか。
家康　見せいくさ？
花風　ああ、そうだ。花風、おなごの帯を無理矢理ほどこうとすればどうする。
家康　必死で拒みます。あまり力尽くならば、舌を噛むことも。
花風　では、ただおぬしを愛しく思う故の若気の至りとあやまり、それでも愛しい思いを必死で伝えれば。
家康　自ら帯をほどくこともございましょう。
半蔵　ま、そういうことだ、半蔵。
家康　なるほど。太閤秀吉公が結びに結んだ帯も、大御所様にかかればたやすくほどけると。
花風　（うなずき）ところで花風、おぬしの帯はどうやればほどける？
半蔵　女忍びの帯は、殿方の首をしめることもございます。無闇にほどかれぬがようございましょう。
家康　口が過ぎるぞ。
　　　よいよい。淀の方の帯を解くより、花風の帯を解く方が難しいわ。

笑う家康。微笑む花風。

花風　では、私は。
半蔵　引き続き頼んだぞ。

花風　は。

立ち去る花風。

家康　よし、半蔵、みなを集めよ。出陣だ。

半蔵　は。

×　×　×　×

戦場。徳川の兵が一気に駆け込む。
大坂冬の陣の戦いが始まった。
真田丸のあたり。
赤揃えの鎧兜で兵を指揮する幸村。
攻めてくる徳川軍に必死で戦う真田の兵。

幸村　よいか。徳川の兵を一歩たりとも中に入れてはならん。ここで押し戻せ！

猿飛佐助、霧隠才蔵、三好清海、三好伊佐、望月六郎、穴山小介、筧十蔵、根津甚八、由利鎌之助、真田大助、真田十勇士それぞれ得意の武器で戦っている。
幸村も自ら刀を取り戦う。徳川の兵を切り伏せるその腕は十勇士の誰よりも強く見える。

その迫力に気圧される徳川兵。

徳川兵　ええい、ひけひけー！

才蔵　殿、徳川の兵は我らに押され、退いております。

幸村　おう。みんなよくやった。我らの勝利だ！

十勇士　おお！

と、勝《か》ち鬨《どき》をあげる十人。

それを見ている家康と才蔵。

家康　さすがはいくさ上手と謳われた真田の家の男。いくさ場では生き生きとしておるわ。

半蔵　いかがいたします。

家康　心配するな。いくさは、敵の刀を折るだけでは勝てぬ。敵の心を折らねばな。半蔵、大筒を放て。

と、大筒の響く音。徳川軍の砲撃であった。

戦場でそれを聞く真田の一党。

幸村　なんだ。

六郎　殿。徳川軍の砲撃でございます。大筒百門から大坂城目がけて放たれております。

幸村　く。さすが家康、一番弱い所を知っている。

家康の陣所を睨む幸村。

――暗　転――

【第七景】

大坂城。
本丸の城内。
徳川軍が放つ大筒の音が轟く。
淀の方と秀頼、修理と治房がいる。
砲声が響く度脅える淀の方。

淀の方　また砲撃。ああ、たまらない。
秀頼　落ち着かれよ、お母上。
淀の方　そうは言ってもあの音。ああ、イライラする。いったいいつまで続くのですか、修理。
修理　徳川の兵は、真田幸村殿を初めとする我が軍が打ち払いました。家康も苦し紛れに大筒を撃っているのです。
淀の方　苦しまぎれ？
治房　はい。それが証拠に、家康から和議の使者が来ております。
淀の方　和議ですか。それはなりませぬ。

修理　は。

淀の方　徳川家康は大恩ある豊臣に弓引いた不忠義者。あ奴めに、我が豊臣の力、絶対に思い知らせてやるのです。

と、いうところにまた、大筒の音。

淀の方　ひぃ！

秀頼　大丈夫ですか。

淀の方　あなたは平気なのですか。

秀頼　はい。徳川の砲弾が大坂城に当たるわけがない。

淀の方　なぜ。

秀頼　母上がそうおっしゃいました。父君、太閤殿下が築いたこの大坂城は、どんなことがあっても落ちはしないと。だったら、大筒の弾も当たるはずがない。

淀の方　それは確かにそう言いましたが。

秀頼　それよりも私はいくさに出なくてよいのですか。

淀の方　なぜあなたが。

秀頼　私は豊臣軍の総大将なのでしょう。いくさを行っているのに、ずっと城の奥にいていいものなのでしょうか。

修理　おお、見事なお心掛け。秀頼様が顔をお見せになれば、兵達の志気は一段と上がることでしょう。

治房　確かに。

淀の方　なりません！　それは絶対になりません！

その剣幕に修理と治房は黙る。

淀の方　あなたは太閤殿下の血をひかれた大事なお方。万万が一のことがあってはなりませぬ。決してこの城から出てはなりませぬ。

秀頼　……はい。母上。

淀の方　幸村に伝えなさい。一刻も早く徳川の大筒を一門残らず打ち払えと。

と、そこに砲声。息をのむ淀の方。

秀頼　（修理と治房に「悪いな」という表情）頼んだぞ。

淀の方　（こちらは居丈高）一刻も早く。

と、淀の方は秀頼を連れて立ち去る。
大きくため息をつく修理と治房。

治房　……まったく好き勝手を。

そこに入って来る幸村。

幸村　修理殿。
修理　おお、幸村殿か。真田丸での奮戦は見事であったな。
幸村　ありがとうございます。
治房　今、淀の方様から貴公を名指しで命があった。徳川の大筒を一門残らず打ち払えと。
幸村　大筒をですか。
治房　ああ。和議はかなわぬ。大筒の音は一刻でも早く止めろというのが淀の方様のご命令じゃ。
修理　だが、それは無理だということはわしも治房もよくわかっている。
幸村　和議の申し入れが来ているのですか。
修理　ああ。おぬし達がよく働いてくれたおかげで、家康の出鼻をくじくことが出来た。和議の申し入れはその結果だろう。礼を言うぞ。
幸村　今は我慢比べですぞ、修理殿。
治房　我慢比べ？
幸村　あの砲撃は、大坂城の一番弱い所を狙っている。淀の方の心です。砲弾が当たろうが当たるまいが、家康にとってはどちらでもよいこと。あれは淀の方にいくさの恐怖心を与えればいいのです。

修理　それならば、よく効いておるわ。

幸村　今、簡単に和議にのるべきではない。砲弾を撃つにも金がいる。徳川二十万の兵をこの地にとどめておくのにも。いくら家康とは言え、無限に金を生む打ち出の小槌を持っているわけではありません。

修理　その通りだ。

幸村　以前、修理様がおっしゃっていた通りです。徳川の軍資金と、この大坂城に蓄えられた黄金。いずれが勝るかの我慢比べです。今はまだ家康に余裕があります。あちらの我慢の限界まで待てば、こちらに有利な条件で和議が結べましょう。その時期の見極めこそが、豊臣家が存続できるかどうかの境目だと存じます。

修理　なるほどな。心しておこう。

幸村　は。

修理　ま、今の所、淀の方様の頭に和議はない。安易に徳川の手にのることはないと思う。安心せい。

と、そこに砲撃の音。今度は大きい。と、轟音。城が揺れる。

幸村　なに⁉

修理　今の衝撃。まさか。

そこに駆け込んでくる侍1。

侍1　大変です。徳川の砲撃が淀の方様の寝所に命中致しました。

修理　なに⁉

幸村　淀の方様は⁉

侍1　ご無事です。ただ、侍女が何人か死んだので、淀の方様は大変脅えていらっしゃる。

修理　わかった。すぐにいく。

幸村　この一撃、まずいですぞ！

幸村、修理、治房、駆け去る。

×　　×　　×

数日後。

総構内。ハナの店のあたり。

いつものように店を開けているハナ。と、佐助が現れる。ハナの姿を見てホッとする。

佐助　ハナさん！

ハナ　あら、佐助さん。よかった。無事だったんだ。

佐助　それはこっちの台詞だ。もう会えないかと思った。

ハナ　大げさね。
佐助　大げさじゃない。俺は、ちゃんと生きて帰ってきたぞ。約束通りにな。ほら、このお守りのおかげだ。

と、ハナからもらった五大力の布袋を懐から出す。

ハナ　そうか。さすが住吉さん。御利益あったね。
佐助　ああ。
ハナ　そういえば、この間、佐助さんもお守り見せてくれたでしょ。あれ、なに?
佐助　え。
ハナ　きれいな守り袋。何か言いたそうだったけど。
佐助　あれはなんでもない。そんなことより、ハナさんこそどこに行ってたんだ。しばらく店を閉めてたから、心配したんだぞ。
ハナ　あ、いくさの間、知り合いの家に。
佐助　逃げてたのか。
ハナ　うん。一人だしこわくて。
佐助　だったら、俺が守る。
ハナ　え。
佐助　どこか知らないところに逃げるより、この城の中の方がよっぽど安全だ。あんた一人く

ハナ　らい俺が守ってみせる。

佐助　……ありがとう。でも、佐助さんは幸村様の家来でしょ。いくさになったら戦場にいかなきゃならない。あたしのそばにはいられないでしょ。

ハナ　それは……。

佐助　ありがと。気持ちだけでうれしいよ。あたしのことなら大丈夫。一人で生きていけるくらいの知恵はあるつもりよ。

ハナ　……いや、俺が言いたいのはそんなことじゃなくて。

そこに幸村が現れる。

幸村　幸村様。

ハナ　いま、飯は食えるかな。

幸村　はい、どうぞ。

ハナ　じゃ、俺は。（と、そそくさと去ろうとする）

佐助　佐助、お前も食べていけ。

幸村　でも。

佐助　いいから。飯を食わねば、働けないぞ。

幸村　はあ。（と、席に着く）

佐助　今日は、さといもの煮付けになります。あとはしじみの味噌汁ですが。

ハナ

幸村　ああ、それでいい。

と、食事の支度をして、幸村の元に持ってくるハナ。

ハナ　清海さんたちの料理には劣るかもしれませんが、勘弁してくださいね。
幸村　いや、こっちの方がいい。清海のごつい手で作ったと思うと、いくらうまくても気持ちがげんなりするからな。
ハナ　ひどい。

と、佐助にも膳を持ってくるハナ。

ハナ　はい、佐助さん。
佐助　ありがとう。
幸村　（味噌汁を飲み）うまいな。
ハナ　ありがとうございます。幸村様のおかげでこうやってまた店が開けて本当によかったです。
幸村　俺一人の力ではないがな。
ハナ　でも、真田丸での幸村様達の戦いは、大坂中の噂になっていますよ。大坂城に真田幸村あれば、徳川恐るるに足らずって。

幸村　それほどのものじゃない。
ハナ　そんなご謙遜なさらなくても。
幸村　いや。いくら策を弄して抗おうと、徳川家康という巨大な存在の前では、小さな鎌をふりかざす蟷螂にすぎないかもしれないと、改めて思う時がある。
佐助　え……。
幸村　（芋も食べて）うん、よく煮えてる。
ハナ　そんな。幸村様がそんな弱気で、豊臣のお家が守れるのですか。
幸村　俺がいくら守ろうとしても、その豊臣のお家がなあ。
ハナ　え。
幸村　この間、大坂城の天守閣に徳川軍の砲撃が命中しただろう。
ハナ　そんなことがあったんですか。
幸村　ああ。それで淀の方様がおびえてしまい、今ではすっかりお気持ちが和睦に走っている。
佐助　和睦ですか。
ハナ　いくさが早く終わるなら、それにこしたことはないです。
幸村　……ハナの言う通りだ。だが、それでは俺の居場所はなくなる。
佐助　幸村様。
幸村　うまいな、この味噌汁は。もういっぱいおかわりをもらえるか。
ハナ　はい。

と、お椀を受け取り裏に引っ込むハナ。

佐助　今のは本心ですか、幸村様。

幸村　（小声で厳しく）黙って見ていろ。もう少しだけ。

佐助　え。

その幸村の表情に、彼の言葉に従う佐助。
ハナが味噌汁の椀を持って戻ってくる。
受け取ろうとする幸村だが、めまいがしたようなそぶりで、その椀から手をすべらす。
ハナの手や身体にその味噌汁がかかる。

ハナ　あつっ‼

その様子を見ている佐助。怪訝な表情。

幸村　あ、すまない。大丈夫か。

ハナ　ええ。たいしたことは。

幸村　どれ、見せてみろ。

と、ハナの手を取る幸村。

ハナ　もったいのうございます。

幸村　若い娘だろう。やけどがあとに残ったらことだ。のう、佐助。

佐助　ええ。まあ。（という表情が強ばっている）

ハナ　わたくしなら大丈夫です。幸村様こそ、どうかなされたのですか。

幸村　急にめまいが。疲れが出たのかも知れない。

ハナ　いくさで、働きづめだったんでしょう。少し休まれた方がいいですよ。

幸村　そうだな。迷惑をかけてしまった。（と、銭をおく）噂通りうまかったよ。

ハナ　また来て下さい。精のつくものをご用意します。

幸村　ああ、そうする。

と、立ち上がるとよろける。

ハナ　あ。

幸村　佐助、肩を貸してくれ。

佐助　はい。

と、佐助に支えられながら、立ち去る幸村。

その後ろ姿を見つめるハナ、一転して厳しい表情。

ハナ　……潮時か。

静かに奥に消えるハナ。
一方、人気のない所まで来た幸村と佐助。
そこに才蔵が現れる。

才蔵　殿。

と、それまでの態度とは代わり、すっきり立ち上がる幸村。めまいは芝居だったのだ。

幸村　見ていたか、才蔵。
才蔵　は。
佐助　やっぱり、仮病でしたか。
幸村　ああ。
佐助　でもなぜ。
才蔵　あのハナの店は、もともと玄造という老人がやっていた。あの娘、遠縁の老人を頼ってきたと言っていたな。来てすぐに老人は病で亡くなったともな。だがな、玄造は実は真

佐助　田の忍びだったのだ。それが、何の連絡もなく消えた。

幸村　え。

佐助　だから、今日、俺が確かめてみた。あのハナという娘がどういう女かを。

幸村　じゃあ幸村様達はずっと疑ってたんですか、彼女を。

佐助　ああ。

幸村　だから味噌汁をわざとかけた。反応を見ようとして。

佐助　その通りだ。忍びならたやすくかわすだろう。だが身のこなしは普通の娘のようだったが。

幸村　いいえ。……彼女はわざと味噌汁を被った。

佐助　お前も気づいていたか。

幸村　……はい。

佐助　ハナは確かに味噌汁を被った。だが、その時その碗から目をそらさなかった。怖くて目をそらす、その結果汁をかぶる。これならわかる。普通の人間の反応だ。だけどわざわざ見ていながら、よけなかったということは、わざと被ったことになる。あえて普通の娘に見せるためにな。

幸村　やはり、あやつ。

才蔵　徳川の忍びと見て間違いないな。

幸村　恐らく玄造も奴らの手にかかったかと……。

佐助　……そんな。

才蔵　いかがいたします。
幸村　様子を見ながら泳がせておけ。今日の話が家康に伝われば好都合だ。必ず俺に接近してくるはずだ。佐助、お前も今まで通りのそぶりを続けろ。我らが怪しんでいることを気取られるな。
佐助　……はい。

衝撃を受けながらもうなずく佐助。
そこに六郎と大助が走ってくる。

六郎　幸村様。
大助　父上。
幸村　なにごとだ。
大助　いま、徳川との和睦がなったとの知らせが。
幸村　そうか。で条件は。
大助　はい。大野修理様のご子息を人質にすることで秀頼と淀の方は無事だと。
幸村　よかった。
六郎　ただ……。
幸村　ただ、どうした。
六郎　大坂城を本丸だけ残して、二の丸三の丸を破壊して外堀を埋めよと。

才蔵　そんなことになれば、大坂城は丸裸ではないか。
佐助　そんな！
幸村　……当然だ。俺が家康でもそうする。

家康が半蔵を引き連れて登場する。

家康　見たか、半蔵。太閤殿下が築き上げた難攻不落の大坂城の帯、まんまと解き放ったぞ。
半蔵　お見事にございます。
家康　これで豊臣の命運は尽きたわ。あの真田の若僧がどうあがこうとな。

不敵に笑う家康。

幸村　……いよいよ、腹をくくらねばならんな。

虚空を睨む幸村。

――第一幕　幕――

——第二幕——　大坂夏の陣

【第八景】

慶長二十年（一六一五年）、四月。

ハナの店のあたり。店は閉じている。

佇む大助。あたりには他に誰もいない。

にぎわっていたこの辺りも閑散としている。

二の丸、三の丸が破壊され、外堀が埋められ、総構の中だったこの辺りも、戦火を恐れ、暮らしている人間は立ち去っていた。

佐助と鎌之助が現れる。

鎌之助　おう、大助殿。こんなところで、何をなさっている。

佐助はハナの店を調べだす。

大助　……ぼんやりしていた。私たちの戦いはなんだったろうなあと思って。

鎌之助　と、いいますと。

大助　二の丸、三の丸を壊され、外堀も埋められ、大坂城は丸裸だ。これじゃあ籠城もできない。次のいくさを恐れて、この辺の住人もとうに逃げ出したからきれいなものだ。

鎌之助　早かったですよなあ。徳川の連中総出で、あっという間に堀を埋めやがった。和睦はていのいい口実で、この城を丸裸にした。おまけに家康たち徳川の軍は、京都の二条城に集結してる。幸村様はどうお考えですか。

大助　え。

鎌之助　これでもまだ豊臣に勝ち目はありますか。

大助　……。

店の様子を探っていた佐助が戻ってくる。

鎌之助　どうだ。ハナはいたか。

佐助　いや。人の気配はない。

大助　……そうか。この店が例の徳川の間者の。

佐助　ああ。

鎌之助　……佐助。ハナのことなら忘れた方がいい。

佐助　え。

鎌之助　多分、お前があいつを徳川の間者と疑ってることを、あいつ自身も感づいてるぜ。忍びと忍びってのはそういうもんだ。

佐助　かもしれないな。
鎌之助　余計なことは考えずに、お前はお前のやらなきゃならないことをやれ。
佐助　大助。この先のことを幸村様はどう考えてる。
大助　何が聞きたい。
佐助　豊臣を守る次の手のことだ。
大助　……。
佐助　何も聞いてないのか。
大助　だが、父上ならきっと策を練っている。
鎌之助　そう願いたいもんだな。

と、甚八と小介がやってくる。

甚八　おう、大助殿。こんなところにいましたか。
小介　朗報ですぞ、朗報。
大助　なにがあった。
甚八　大きな声では言えませんが、さきほど、家康公からの使者が幸村様のところに来たと。
大助　家康？
甚八　そう。真田丸での戦いぶりを見た家康公が、幸村様を是非ともお味方につけたいという申し出なのです。

佐助　それはほんとうか。
甚八　六郎から聞き出した。我らの思った通りだった。これで必死で戦った甲斐がある。
小介　我ら十勇士だけの秘密だぞ。
大助　父上は。
小介　とうに待合わせ場所に向かいました。西に三里ほど行った、西方寺とか言う廃寺とか。

その言葉に怒っている佐助。

佐助　大助、これが真田幸村の策か！
大助　佐助……。
佐助　豊臣を捨て、自分だけが生き残る！　立派なもんだな！
鎌之助　落ち着け、佐助。
大助　待て、父上に限ってそんな。
甚八　いやいや。己の腕で武功を立てて、その腕を高く売るのは、戦国からの武者のならい。
何を恥じることがありますか。
小介　そうそう。豊臣といっても、あの淀の方とか秀頼なんてぼんくら連中じゃ、先は見えてますよ。
佐助　貴様！

佐助、小介を殴る。

小介　な、なにを！

大助が止める。

大助　やめろ、佐助。おかしいぞ、お前。
佐助　やかましい！
大助　父上に限ってそんな浅はかなことをするはずがない。何かお考えがあってのことだ。
佐助　信じられるか！
大助　なに。
佐助　父上父上、うっとうしいんだよ。真田幸村、どれほどのもんだ！

と、大助も振り払う。

大助　貴様、父を愚弄すると許さないぞ。
佐助　許さないならどうする。功を焦って強い方になびくただの風見鶏だろうが！
大助　言わせておけば！

と、大助は佐助を殴る。

佐助　暑苦しいんだよ　お前は！

佐助も殴り返す。

大助　俺のどこが暑苦しい！

佐助　そういうとこ全部だよ！

つかみ合う二人に、鎌之助が割って入る。

鎌之助　いい加減にしろ、佐助。まだ、裏切りと決まったわけじゃない。

鎌之助をにらむ佐助。

鎌之助　幸村様のことだ。何か考えがあるかもしれない。

佐助　だったら確かめる。

と、かけ去る佐助。

鎌之助　まったく。甚八と小介は才蔵に知らせてくれ。

甚八　わかった。

甚八と小介は才蔵の元に走る。

大助　あの馬鹿、なに熱くなってんだ！

鎌之助　大助殿も充分熱くなってますよ。行きましょう。

大助　あ、ああ。

と、大助と鎌之助は佐助の後を追う。

――暗　転――

【第九景】

西方寺。その庭。

一人で現れる幸村。待っている半蔵。

半蔵　お待ちしておりました。お一人ですな。
幸村　ああ。
半蔵　では、こちらに。

と、奥に入る二人。

と、寺の前に姿を見せる佐助。

奥に忍び込もうとした時、覆面をした伊賀の女忍びが現れる。その手の半弓で矢を射る。

が、飛んできた矢を摑む佐助。その矢を投げ捨てると、刀を抜く。

佐助　どけ！

女忍びに打ちかかる佐助。女忍びも弓を捨てると抜刀し佐助の剣を受ける。
佐助、ハッとする。

佐助　ハナさん⁉
女忍び、一旦離れる。

佐助　ハナさんなんだろう。その覆面をとってくれ。
女忍び、覆面を取る。確かにその顔はハナ。
伊賀の忍び、花風だ。

佐助　……やっぱり。
花風　ハナではない。伊賀の忍び、花風。
佐助　……ずっとだましてたのか。
花風　それが私の務めだから。
佐助　そんな……。なぜ、家康につく。
花風　くだらない質問ね。私は服部半蔵様の手下。半蔵様が大御所様に仕えると決めた以上、我らもそれに従うまで。それが忍びというもの。

佐助　くだらないのはそっちのほうだ。
花風　お前も忍びだろう。忍びの掟がわからなければ、早死にするぞ。

身構える佐助。

花風　焦るな、佐助。私の役目は、大御所様と幸村様の会談を守ることだ。ここから先に立ち入らなければ、お前と戦うつもりはない。
佐助　弓矢で狙い撃ちしておいてか。
花風　あの程度の矢なら、かわせないお前じゃない。
佐助　飯を食わせながら、しっかり技を値踏みしてたってわけか。
花風　だから落ち着け。幸村様が徳川方につかれるのなら、我らが戦う意味も無い。
佐助　……それは俺には出来ない。
花風　なぜ。
佐助　どけ。

と、その佐助に短筒をつきつける花風。

佐助　……ハナさん。
花風　花風だ。それ以上動くと撃つ。

佐助　く。

花風　ちょうどいい。この間言いかけていた守り袋のこと、聞かせてくれ。

佐助　……それは。

花風　いえないか。命にかえるほどの秘密があるのか。

佐助　……なぜ俺のことを知りたがる。

花風　え。

佐助　……俺は、嬉しかった。住吉大社でわざわざ小石を拾ってお守りにしてくれたこと。

花風　……まさかお前、私が自分に惚れたとでも思っているのか。くだらない。私も忍びだ。目的のためならどんな風にもふるまう。

佐助　そうやって、いつも自分の心を殺しているのか。俺には、飯屋の娘のハナの方が、よっぽど本当のあなたらしく思える。

花風　だったらお前はよほど人を見る目がないのだね。

佐助　ハナさん！

花風　くどい！　お前も忍びだろう！

佐助　違う、俺は俺だ。

佐助の言うことが理解できず戸惑う花風。

と、そこに駆けつける才蔵、鎌之助、大助。

鎌之助　佐助！

花風、鎌之助を撃とうとする。佐助、花風の腕を押さえる。花風、佐助の腕を払って離れる。

才蔵　正体を見せたな、ハナ。

花風が指笛を吹く。と、現れる10人ほどの伊賀の忍び。

伊賀忍1　花風殿！
花風　幸村の手の者だ。追い払え。

伊賀忍びと戦う才蔵、鎌之助、大助、佐助。

大助　無茶するな、佐助。
佐助　お前が助けに来るとはな。
大助　お前も父上が認めた男。それを失えば父上が悲しむ。
佐助　ふん。また、父上か。
大助　なにい。

才蔵　ここはひくぞ、佐助。
佐助　いやだ。
才蔵　殿の邪魔をするな。
鎌之助　佐助、ここはおとなしく従え。

鎌之助の説得に、しぶしぶうなずく佐助。

花風　それがいい。お前達が騒がなければ、幸村殿は必ず無事にお返しする。心配するな。
才蔵　心配などしていない。伊賀の女忍びなどに約束されなくても、殿は無事に帰ってこられる。真田幸村という男を甘く見ないでもらおうか。
花風　なに。

踵を返す才蔵達真田一党。

伊賀忍1　待て！
花風　もういい。
伊賀忍1　しかし。
花風　我々の務めはこの寺の守護。大御所様をお守りすればそれでいい。深追いする必要は無い。

伊賀忍達　は。

持ち場に戻る伊賀忍達。花風、佐助が消えた方を見つめる。

花風　俺は俺か。妙な男だ……。

ふっと切ない表情になるがそれは一瞬。駆け去る。

×　×　×　×

西方寺、本堂内。待っている幸村。

家康が半蔵を伴って入って来る。

家康　待たせたな。

幸村　は。（と、一礼）

家康　ああ、堅苦しい挨拶はいい。今日はお互い腹を割って話そう。

半蔵　幸村様、お腰のものを。

幸村、うなずき、刀を差しだそうとする。

家康がそれをとめる。

家康　いや、かまわん。
幸村　……それはどういう意味でしょうか。
家康　ん。
幸村　私が、いつでも刀を抜けるようにしておいてかまわないと、とれますが。
家康　ああ、その通りだ。
幸村　この会談には、私が刀を抜く場合があり得るということですか。
家康　ほう、それはどのような場合かな。
幸村　例えば、あなた方が私を襲い、己の身を守る時。
家康　ふむ。
幸村　例えば、私があなたを斬ろうとする時。

半蔵、一瞬、身構える。

家康　なるほど。だが、たとえその刀を預かろうとその懐に隠し刀を忍ばせているかもしれぬ。儂らが丸腰になろうとも、この部屋の奥で弓矢がぬしを狙っているかもしれぬ。考え出すときりがない。ならば、小細工も駆け引きも無用。お互い、あるがままでいこうということだ。
幸村　……。（刀を自分のそばに置く）
家康　わかっていただけて重畳。

と、家康と幸村の間にあった緊張感がいったん消える。半蔵も緊張を解く。

家康　先日の戦いは見事だったぞ。左衛門佐殿、いや、今では真田幸村という名のほうが通りがいいようだな。のう、半蔵。

半蔵　はい。大坂の町衆達も、真田幸村とその家来の十勇士の活躍は面白おかしく噂話をしております。

幸村　面白おかしく?

半蔵　これは失礼。親しみを込めてというつもりで言ったのですが。

家康　駿府の森で言うた通り、真田幸村の名を天下に知らしめるという狙いは見事にかなったようだな。さすが、真田昌幸殿のせがれだけのことはある。

幸村　だが、我らが血塗れになって守ろうとした淀の方や秀頼様の心を、あなたはやすやすとへし折られた。改めていくさの難しさ、痛感しております。

家康　では、幸村殿の心はどうだ。

幸村　……。

家康　儂のいくさは、貴公のお心にはどう映った。

幸村　……。

家康　儂の元に来ぬか、幸村殿。貴公が望むなら信州一国、まかせてもよいぞ。

幸村　……信州一国。

家康　九度山に蟄居の男が一躍大大名だ。悪い話ではなかろう。
幸村　一つ聞きたいことがございます。
家康　何かな。
幸村　豊臣の家、どうなさるつもりですか。
家康　……太閤秀吉殿は大きいお方だった。とにもかくにもこの日の本を一つにまとめあげられた。だが、あれは乱世の雄だ。今の豊臣方はその影に呑み込まれすぎている。彼らがこの世にある限り、いくさは収まらぬ。
幸村　豊臣がいくさの元凶と。
家康　いつの世にも戦乱を欲する者がいる。自分が何者であるか、戦いがなければ証が立てられぬ者がいる。今の貴公のようにな。
幸村　……。
家康　その者達の心の火を消すためには、あの家はあってはならん。
幸村　徳川は違うのですか。徳川家康もまた乱世の雄ではないのですか。
家康　それは違う。
幸村　なぜそう言い切れる。
家康　疑われるなら、ここで儂を斬ってみよ。
幸村　！
半蔵　殿。
家康　かまわん。さあ。

幸村　……。

家康　幸村殿、豊臣と徳川の一番の違いをお教えしようか。豊臣はしょせん秀吉公一代の天下だ。おぬしも大坂城に入られたならわかっているだろう。今あの城にいる連中にこの国がまかせられるか。

幸村　……。

家康　徳川は違うぞ。徳川は儂が死んでからが本番だ。儂がなくなったあと百年二百年、この日の本をまとめる形を作る。それが徳川幕府だ。

幸村　百年二百年……。そんな先のことを。

家康　人はもろい。信長公も秀吉公も、あまりにも秀でていた。秀でていたが故に一代限りとなった。だが、儂は違う。儂は血で勝つ。家康が死んでも徳川の血が、この日の本をまとめあげる。そのために儂は急いでおる。

幸村　急ぐ？

家康　豊臣の血族は一人残らずこの世から消し去る。災いの根は徹底的に斬らねばならぬ。だがこの根切り、人は悪行とそしるだろう。この悪行はすべて儂がやる。この家康が、徳川の悪行を一切抱えてあの世にいく。それが儂の最後の仕事と心得ておる。

幸村　だが、……だが、あなたが作るその国は、あまりにも息苦しくはありませんか。

家康　息苦しい？

幸村　国をまとめあげるために、あまりにもきつく縛り上げている。豊臣の血を根絶やしにするとは、そういうことではありませんか。

家康　ならば問おう。他に策はあるか。真田幸村にこの家康以上に国を作る策があるか。あるのならば、今ここでこの老体の首、はねるがいい。

と、言い放つ家康。幸村、刀の柄に手をかける。にらみあう家康と幸村。じっと見守る半蔵。

が、幸村、大きく息を吐くと刀の柄から手を放す。

悠然と微笑む家康。

家康　我が軍に加わりたければ、いつでも言うてくるがいい。

家康、立ち上がると立ち去る。半蔵も後に続く。一人残された幸村、肩を落とす。

——暗　転——

【第十景】

幸村の屋敷。台所。
六郎、大助、小介、甚八、清海、伊佐、十蔵がいる。酒や茶を飲んだり武器を手入れしたり各々が勝手なことをしている。佐助と鎌之助もいる。
家康との密談が終わり幸村は戻ってきたが、彼らに何も言わず部屋にこもっているため、所在なくてここに集まっているのだ。

清海　そうか。ほんとにハナは徳川の間者だったのか。
伊佐　そうでないことを祈っていたが。
鎌之助　下忍を指図してたからな。それなりの忍びなんだろう。
佐助　……。

鎌之助は、黙って佐助の肩を抱く。

六郎　遅いですなあ、才蔵は。

と、才蔵が戻ってくる。

大助　どうだった。父上のご様子は。
才蔵　何も言わず、ただ壁をにらみながら酒をのまれております。
大助　……そうか。
甚八　殿はなぜなにも言ってくださらぬのだ。
小介　そうそう。家康との密談がどうなったか。
大助　まだ言うのか。
伊佐　しかし、殿が豊臣につくか徳川につくか、そのお心は気になるのう。
十蔵　迷うことはない。俺は殿のために働くだけだ。
伊佐　え。
十蔵　銃しか興味のない俺を面白がってくれたのは、あの方だけだった。
清海　おう。俺たちはみな、幸村様という方に惚れてここまできたのだ。何があろうと殿についていくだけだ。

と、徳利を掲げて幸村が現れる。

幸村　威勢がいいな、清海。だがそれは買いかぶりだ。

「え」となる一同。

幸村　（徳利を投げ）酒が切れた。

六郎　もう、やめられたほうが。

幸村　真田の次男坊は、好きなだけ酒を飲むのもはばかられるか。

大助　身体に毒ですよ、父上。

幸村　身体をいとうて何になる。

才蔵　殿。

幸村　かまわん。俺は、父上の遺言一つ守れない男だ。

大助　おじいさまの？

幸村　ああ、そうだ。父上はなんとしても豊臣家を守れと言って亡くなられた。それが家康に対する最後の意地だと。父、昌幸も、家康が天下を取ることは止められないと思っていた。兄、信幸が徳川に従うことを良しとしたのはそのためだ。兄上が徳川につけば、真田の家は守れる。その上で、真田の意地を俺に託した。

才蔵　真田の意地ですか。

幸村　ああ、家康は必ず豊臣の家を根絶やしにしようとする。だからなんとしても豊臣の血を守れ。それがせめてもの弱者の意地だ。父上にそう託された。

佐助、その言葉に大きくうなずく。

幸村　佐助、お前、俺のあとを追って西方寺に来たそうだな。何をするつもりだった。
佐助　……それは。
幸村　家康の暗殺か。
佐助　……機会があれば。
幸村　俺も同じだ。

一同、驚く。

幸村　今日、俺が家康の誘いを受けたのは、奴の真意を探るためだった。もしも本気で豊臣を滅ぼそうとしているのなら、その場で家康を討ち取るつもりでいた。
鎌之助　……殿自ら家康の暗殺を。
幸村　だが、できなかった。家康はこちらの腹を全部知っていた。その上で、この首この場で取れるものなら取ってみよと差し出された。家康の首一つでは徳川の天下は揺るがぬ。その自信に満ちていた。俺は結局刀を抜くことは出来なかった……。

と、小介と甚八が平伏する。

甚八　申し訳ありません、殿！
小介　殿！
幸村　どうした。
甚八　この根津甚八、己の小さな了見を恥じまする！　申し訳ありません!!
幸村　だからどうした。
甚八　己の武将としての力を見せるため家康と戦い、その結果高禄で徳川に召し抱えてもらう。そのためのこのいくさだと、この小介とふたり、思いこんでおりました。
小介　殿が家康と差し違える覚悟までお持ちだったとも知らず。浅はかな自分が恥ずかしい。
甚八　どのようご成敗もお受けいたします。お許し下さい、殿！
幸村　二人とも頭を上げろ。

二人、頭を上げる。

幸村　お前達にそう思われても仕方がない。俺はそんなにたいした男ではない。
甚八　殿……。
幸村　俺自身、家康のいうこともっともだと思ったのだよ。あの男以上の国造りの策を思いつけなかった。……負けたのだよ。真田幸村は徳川家康に完敗した。結局、俺は何者でもなかった。

しんみりする一同。

が、それまで怒りを抑えて聞いていた佐助が叫ぶ。

佐助　ふざけるな！　だったら、日の本のために豊臣は生け贄になれと言うのか！　民のために秀頼は死ねというのか！　俺はそんなのは認めない！

大助　いい加減にしろ！　父上も苦しいのだ。

佐助　だからどうした。苦しいのはみんな一緒だ。なぜこの段階で弱音を吐く。これが、こんな男が真田幸村なのか！

大助　なんだと！

鎌之助　よせ、佐助！

佐助　あんたを信じた俺がバカだった。真田幸村なら豊臣を救ってくれる。だからあんたの下についたんだ！

幸村　(その剣幕にハッとする)……佐助。お前、もしや。

佐助　あんたが腑抜けならもう頼まない。あとは、俺がひとりでやる！　豊臣は俺が守る！

と、駆け去る佐助。

鎌之助　佐助！

と、追おうとする鎌之助を幸村が止める。

幸村　待て、鎌之助。お前に話がある。
鎌之助　でも、佐助が。
大助　俺が追います。
幸村　お前では余計話がややこしくなる。十蔵、頼む。
十蔵　は。

十蔵が佐助のあとを追う。

幸村　鎌之助、佐助の守り袋に何が入っている。
鎌之助　守り袋？　なんの話ですか。
才蔵　ごまかすな。佐助がハナに自分の持っていた守り袋を見せようとした時、お前は血相変えて怒っただろう。
鎌之助　見てたのか。
才蔵　ああ。ハナが徳川の間者だと疑っていたからな。彼女を見張っていて、不思議な物が見られた。
幸村　その話を才蔵から聞いた時から、もしやと思っていたことがある。今の佐助の態度を見て、それが確信に変わった。だが、俺はお前の口から、真実を聞きたい。その腹にある

鎌之助　もの、俺達にも見せてくれないか。
幸村　……。
お前の言葉が、俺の道を決めるかもしれん。

鎌之助を見据える幸村。その視線を受け止める鎌之助。

鎌之助　……かなわねえなあ、殿には。こいつは俺と佐助だけの秘密のつもりだったんだが。
幸村　うむ。
鎌之助　まったく弱いんだか強いんだかよくわからないお方だ。いや、それが幸村って男の強さかな。
幸村　そう思ってくれるか。
鎌之助　お人払いを。
幸村　いや。ここにいるのは俺と一心同体の者達だ。俺を信じるならこやつらも信じてくれ。

うなずく一同。

鎌之助　……わかった。

意を決する鎌之助。

——暗転——

【第十一景】

大坂城本丸。天守閣。秀頼と淀の方がいる。
外を見ている秀頼。

秀頼　……ずいぶんと見晴らしがよくなりました。
淀の方　え。
秀頼　以前は、三の丸、二の丸があり、その向こうに総構と、この城を囲んでびっしりと屋敷と堀とがありましたが、今ではすっかり丸裸だ。
淀の方　本当に。いくら和睦の条件だからと言って、徳川殿もここまでしなくても。
秀頼　でも、母上も私もまだこの城にいられる。それだけでも幸せだ。

と、そこに現れる佐助。

佐助　何を甘いことを言っている。

驚く淀の方。

淀の方　貴様、また！　この無礼者‼
佐助　無礼は承知だ。
淀の方　修理、修理はどこだ。
秀頼　母上、落ち着いてくだされ。母上！

騒ごうとする淀の方を落ち着かせる秀頼。

淀の方　しかし、この男は前にも。ああ、あのとき首をはねておくんだった。
秀頼　それは困ります。私はこの男に会いたかった。
淀の方　……そんな。
秀頼　（佐助に）この間は悪かった。あんなに大騒ぎになるとは思わなかったのだ。もう、来てくれないかと思ったぞ。さあ、今度こそ外の話を聞かせてくれ。
佐助　そんなことを言っている場合じゃない。ここから逃げるぞ。
秀頼　え。
佐助　家康はお前達親子を殺すつもりだ。一刻も早く逃げだそう。お前達二人なら俺が守れる。
淀の方　秀頼殿に触るでない！　守るなどとはおこがましい。お前こそ徳川の間者だろう。
佐助　違う。

淀の方　うまいことを言って、この城から連れ出したところで、我らの命をとろうというのであろう。そんな手に誰が乗るか。
佐助　そんなことは考えてない。俺は、本当にお前達に生き延びて欲しいんだ。
淀の方　信じられぬ！
佐助　信じてくれ。
淀の方　何を証拠に！
佐助　俺は、お前の兄だ、秀頼。
秀頼・淀の方　！
佐助　そうだ。俺は秀吉公の子供なんだ。
淀の方　（笑い出す）ばかばかしい。言うに事欠いて、太閤殿下のお子などと。貴様のような下賤な者の言うことを誰が信じられるか。
佐助　その秀吉公も、下賤な身から一代でのし上がったお方だろう。

と、守り袋を出すと淀の方に渡す。

佐助　中の書き付けを見て欲しい。

淀の方、受け取り、袋を開けると中に紙片が入っている。広げて読む。顔色が変わる。

淀の方　こんなもの！

紙片を引き破ろうとするのをとめる秀頼。

秀頼　母上！

と、淀の方から書き付けをとって見る秀頼。

秀頼　これは、確かにお父上の文字。どういうことですか。
淀の方　……まさか、あの時の子供が生きていたとは。
秀頼　……ご存じだったのですか。
淀の方　……まったく修理め、余計なことを。
秀頼　子細をお聞かせ願えますか。
淀の方　あなたの前に、鶴松殿という兄上がいたことはご存じでしょう。
秀頼　はい、私が生まれる前に幼くしてなくなられたと聞いております。
淀の方　鶴松殿がなくなられたとき、秀吉様は大変お嘆きになられた。豊臣のお世継ぎがいなくなったのですから当然です。大野修理達、一部の家臣は気を回して、秀吉様に若い奥女中をあてがわれ、男の子が一人生まれたのです。
秀頼　では、それが佐助だと。

淀の方　秀吉様と私、大野修理、ほんのわずかの者しか知らぬことでした。ですが、その時には私はもうあなたを身ごもっていた。

佐助　生まれてすぐに俺は母親から離されて、城の外で育てられていたらしい。だがお前が無事に育ち、豊臣の世継ぎとして大丈夫だとわかったとき、跡目争いが起こることを恐れて、大坂城の連中は俺を殺すよう刺客の忍びを送った。目論見が違ったのは、その忍びが俺のことを不憫に思い、殺さずに育ててくれたことだ。

秀頼　忍びが。

佐助　由利鎌之助という。俺が一人でも生きていける力を持てるように、忍びとして育ててくれた。今も一緒に徳川と戦ってくれている。

淀の方　……なぜ恨まなかった。我ら豊臣は、お前の命を狙ったのだぞ。それなのになぜ豊臣のために戦っている。

佐助　……その書き付けを読まれましたか。秀吉様は、俺が生まれたことを喜んでいる。俺が生き延びるためにその書き付けを書かれた。実際、その文書を読んだ鎌之助は、心を打たれて俺の命を助けてくれた。

秀頼　（書き付けを見て）……確かに、このはねるような文字、父上らしく気ぜわしく、だが笑っているようだ。

佐助　父に助けられたこの命だ。父が望むことのために使う。

秀頼　それが私を守ると言うことか。

佐助　俺の命に代えても。

秀頼　……真田幸村を呼べ。

と、幸村が現れる。

幸村　幸村ならば、ここに。
秀頼　早いな。
幸村　佐助の後を追っておりました。
淀の方　しかし、ここまで誰の許しも得ずに。
幸村　それが今の大坂城の有りさまだと、お心得ください。誰かがとがめるでもなく、秀頼様のそばまでたやすく来られる。城の外だけが丸裸ではない。城を守る人の心も裸にされているのです。それが家康公の恐ろしさ。彼は、この大坂城に住む者を根絶やしにする覚悟です。
淀の方　……そんな。
佐助　だから逃げろと言っている。
秀頼　その通りだ。だが逃げるのは私ではない。佐助、お前だ。
佐助　なぜ。
秀頼　この大坂城から逃げることは、私には出来ない。
佐助　何度言えばわかる。逃げないと死ぬぞ。
秀頼　それでいいんだ。死ぬことが私のなすべき事なんだ、豊臣の主としてな。

淀の方　なにを言うのです、秀頼様。
秀頼　私が死なねば、豊臣の血が途絶えねば、戦乱は収まらない。そうだろう、幸村。
幸村　ご賢察です。
淀の方　わからぬぞ、私にわからぬ。
幸村　家康は、秀頼様のお命をとるため、豊臣の血をすべて断つためにありとあらゆる手を尽くしております。今、この城は徳川の網の中にとらえられ、がんじがらめになっているかと。
秀頼　ただ一つ、家康の手からこぼれているのが、この佐助だ。
幸村　その通りです。

その声音に「え」と幸村を見る佐助。

幸村　(佐助にうなずき)おぬしの出生の秘密は、鎌之助からきいた。
佐助　鎌之助が……。
秀頼　聞いているなら話が早い。私は嬉しいぞ。誰にも知られぬ兄弟がいた。さすがの家康もこれには気づいていない。これで豊臣の血が残せる。何より父上の熱い血を、その身一つでこの国をまとめ上げた情熱を引き継ぐ者がいた。それがわかれば笑って死んでいける。
佐助　しかし……。

秀頼　佐助、逃げろ。逃げて生き延びてくれ。家康の、徳川の目の届かないところまで。この国の外まで。
幸村　……さすが豊臣の長、そのお覚悟、見事でございます。
秀頼　幸村よ、猿飛佐助を生き延びさせよ。それが私からの頼みだ。
幸村　……心得ました。
秀頼　佐助、遠くを見てくれ。この城から出られない私に代わって。お前の目が私の目だ。お前の命が私の命だ。お前の子が私の子だ。
佐助　……わかった。この身体、俺だけのものではない。
淀の方　……秀頼様。
秀頼　母上、ご理解ください。
淀の方　（佐助をにらみ）……まったくしぶとい男よの。
佐助　……。
淀の方　我ら豊臣に襲われても命を長らえたお前だ。決して、徳川如きに殺されてはなりませんぞ。
佐助　え……。
淀の方　何があっても生き延びなさい。よいな。
佐助　はい。（大きくうなずく）
幸村　……この幸村、やっと己の成すべきことがわかりました。今まで私が何も成さなかったままこの城に入ったのは、この佐助の命を救うためだったのでしょう。

佐助　幸村様……。

幸村　さっきはみっともない様をさらして悪かった。だが、俺ももう迷わぬ。この幸村のすべてを賭けて、お前を救う。もう一度だけ、信じてくれぬか。

佐助　……はい。

秀頼　しかし相手は家康だ。油断するなよ。

幸村　お任せ下さい。真田は父、昌幸以来、詭計策謀の輩と思われております。だったら見せてやりましょう。この幸村一世一代の詭計を徳川家康に。

決意する幸村。

——暗　転——

【第十二景】

大坂城。幸村の屋敷。
座敷に向かう佐助を呼び止める大助。

大助　佐助。

佐助、立ち止まる。

大助　お前の気持ちもわからず悪かった。
佐助　何の話だ。
大助　俺はばかだ。お前がどれだけの思いを抱えてこの大坂城に来たかも知らず、ただ、父上と。お前が怒りたくなるのも当然だ。さ、もう一度俺を殴れ。

佐助、大助を殴る。

大助　……うん、これでいい。
佐助　勘違いするな。今殴ったのは、お前がまだそんなくだらないことを言ってるからだ。
大助　くだらないだと。
佐助　……今の俺は、お前達に感謝してもしたりない思いだ。今更、前の話なんか持ち出すな。
大助　……そうか。そうだな。
佐助　行こう、評定が始まる。

座敷内に入る佐助と大助。
幸村と十蔵をのぞく十勇士が揃っている。
十蔵が入ってくる。

才蔵　どうだった、徳川の様子は。
十蔵　二条城の様子が慌ただしい。近いうちに出陣してくるだろう。
幸村　そうか。今度こそ徳川と豊臣、雌雄を決するいくさとなろう。急がねばならんな。ご苦労だった、休んでくれ、十蔵。
十蔵　この程度問題はない。

と、銃を取り出すと整備を始める十蔵。

幸村　いよいよ家康とのいくさが始まる。おぬしたちの命、俺にくれ。我々が秀頼様のために必死に戦うことが最大の囮だ。そのいくさにまぎれて、佐助を逃がす。才蔵、お前の命も捨ててもらわねばならんな。

才蔵　え。

才蔵が見つめる。幸村、うなずく。ハッとする才蔵。

才蔵　しかし……。

幸村　なんだ。

才蔵　修理様がうまく薩摩の島津殿との話をまとめてくれればいいのですが。

幸村　心配するな。大坂を見殺しにしていると感じている薩摩には後ろめたい思いがある。たかが真田の家来一人、明との交易船に乗せることくらい、うなずいてくれないはずがない。

清海　しかし、明国でたった一人、この佐助、いや佐助殿、もとい佐助様が生きていけますか。

佐助　よせよ、清海。殿や様付けは気持ちが悪い。今まで通り佐助と呼んでくれ。

清海　しかし、太閤殿下のお子と知った今、うかつなことは……。

鎌之助　うかつなお前が今更気を遣ってどうする。

佐助　心配してくれてありがとう。だが、どこに行こうと生きていける術《すべ》は、鎌之助からしっかり教えてもらった。

鎌之助　……猿飛佐助の猿飛ってのは、猿を飛び越えろって意味でつけた。
幸村　猿？　太閤殿下のことか。
鎌之助　ああ。父親を超える男になれという意味だ。俺の想像以上に立派になったよ。
佐助　……鎌之助。
鎌之助　第一、俺たちが妙な気を遣えば、佐助の正体が他の者にばれてしまうわ。
清海　それもそうか。
才蔵　……もう遅いかもしれんがな。
幸村　どうした。
才蔵　大野修理殿に佐助の秘密を知らせることはなかったのではないでしょうか。
幸村　……薩摩を早く動かすには真田からではなく、豊臣からの願いでなければならなかった。それに淀の方が知っている以上、遅かれ早かれ修理殿の耳に入ると考えた方がいい。ならば、こちらから教えた方が早い。
才蔵　それはそうかもしれませんが……。
幸村　なにか問題があるか。
才蔵　いいえ。

と、ケガをした修理が現れる。

修理　幸村殿。

幸村　どうされた、その傷。六郎、手当を。
六郎　は。

と、薬を取りに行く六郎。

修理　かまうな。それよりも薩摩だ。返事が来たぞ。佐助の明への渡航の件、了承した。

と、手紙を出す。

幸村　よかった。
修理　しかし……。
幸村　もうしゃべられるな。
修理　……すまぬ。この件、徳川の間者にしられた。

驚く一同。

修理　薩摩の使者の件を淀の方にご報告している時、隣の部屋で聞き耳を立てている小姓がいた。問いただすといきなり抜刀し、このざまだ。
幸村　それでそやつは。

修理　儂も応戦し、深手はおわせた。あの傷なら命はないと思うが……。
幸村　よくやられた。あとはおまかせあれ。
六郎　殿。（と、薬を持ってくる）
幸村　手当を頼む。
六郎　（傷を見て）大丈夫。命には関わりませぬ。

と、傷の手当てを始める。横になる修理。

佐助　幸村様……。
幸村　案ずるな。真田の家来が一人明に渡ることが聞かれたにすぎん。些細なことだ。家康も特に気にはしない。
才蔵　そうでしょうか。
幸村　なに。
才蔵　佐助の守り袋、あの女忍びに見られております。
幸村　ハナか。
才蔵　あの女、特に佐助と親しくしておりました。佐助の出生の秘密、見破られたと考えた方がよろしいのでは。
幸村　……才蔵、なにをした。
才蔵　は。

幸村　お前がそこまで言うからには、何かを摑んでおるな。
才蔵　……出過ぎた真似かとは思いましたが、佐助の生まれ故郷のあたりに草の者を送りました。徳川の間者があのあたりを調べていた形跡があります。
幸村　なに。
才蔵　殿、佐助が秀吉様のお子であること、家康に知られております。この策、今一度お考えになった方がよろしいのでは。
幸村　才蔵、貴様、何をしたかわかっておるのか！

と、突然激怒する幸村。

幸村　ああ、確かに家康に知られたよ。才蔵、貴様のせいでな！
才蔵　殿。
幸村　なぜ勝手に草の者を動かした！　佐助の故郷を徳川が調べるなら、勝手に調べさせておけばよかったのだ！　佐助の故郷にどんな話が残っていようと、それはただの噂話にすぎん。だが、草の者を動かせば、その動きは徳川にしれる。我らが徳川の動きに反応することで、ただの根も葉もない噂話が真実になる。そのことになぜ気づかん！
才蔵　……それは。
幸村　才蔵、貴様の恐れが、この幸村最大の謀略を揺るがしたとしれ！
大助　父上。才蔵も悪気があってしたわけでは。

幸村　だから始末に悪いのだ。霧隠才蔵がそこまでの男であったことが悔しいのだ！

才蔵　……。

幸村　佐助、今すぐ紀州にゆけ。そこに薩摩行きの船がある。愚かな男のおかげで時間がなくなった。急げ。

才蔵　お待ちください、殿。ならば、私も言わせてもらいます。それでもなお、この若者一人のために真田家を賭けるというのですか。徳川に手の内が知れた上でなお。

幸村　黙れ、才蔵。

才蔵　黙りません。謀略は秘密裏に進んでこその謀略。その策が明らかになったことがわかりながらもこだわって、うまくいくはずがございません。真田は天下の笑い者になります。

幸村　こざかしい！

と、才蔵を殴る幸村。
修理もそのやりとりを見て驚いている。

修理　幸村殿、それはやりすぎでは。

幸村　修理殿には関係ござらぬ。

一同に活を入れる幸村。

幸村　一同、肝に据えよ。幸村にはもはや、この策しかない。こうなれば一刻も早く佐助を逃がすぞ。みな、急げ！

立ち去る幸村。
幸村の剣幕にその場を離れる一同。修理は清海と伊佐が肩に担いで移動させる。
才蔵、去ろうとしていた甚八と小介に小声で話しかける。

才蔵　まて、甚八、小介。
甚八　どうした。
才蔵　おぬし達、前に徳川に名を売る為にいくさを仕掛けると言っていたな。
小介　今更その話か。
才蔵　そんなおぬしらだからこそ相談がある。
甚八　……相談。
才蔵　ああ。ここではまずい。こい。

こそこそと去る三人。
別の場所では佐助と鎌之助が話をしている。
二人で夕日をみている。

佐助　ありがとう、鎌之助。お前がいなければ俺は今、ここにこうしていなかった。
鎌之助　……いや、俺の方こそ。
佐助　え。
鎌之助　……いい夕焼けだな。お前を育てるようになってからだよ。空を見るようになったのは。それまでは、ただいくさに明け暮れるだけの日々だった。お前がいなけりゃ、今頃俺は、とっくにどこかのいくさでくたばってただろうさ。礼を言うのはこっちの方だ。
佐助　……。

夕日に照らされる二人。

――暗　転――

【第十三景】

西方寺。

待っている半蔵。花風が現れる。

花風　花風、戻りました。
半蔵　どうだった。
花風　はい。佐助の故郷のあたりを調べていた所、真田の忍び達と出くわしました。今は戦うのは得策ではないとやりすごしましたが。
半蔵　それでいい。それでお前の懸念は晴れたかね。
花風　……二十年ほど前、あのあたりに、身なりのいい侍がひんぱんに現れていたと聞きます。そして赤子が育てられていたことも確認しました。

布地は豪華だがボロボロのおくるみを見せる花風。

半蔵　……おくるみか。かなり古いが、布地はいいものだな。

花風　はい。近くの百姓の家でみつけました。そこの女房に聞いたところ、二十年ほど前に捨ててあったものを拾ったとか。
半蔵　……なるほど。
花風　なにより、この布地、佐助が持っていた守り袋と同じものでございます。
半蔵　……うむ。猿飛佐助が秀吉公の子供だというおぬしの考え、当たっているかもしれぬな。
　　　わかった、大御所様にお伝えしよう。
花風　ありがとうございます。

　　　と、そこに白煙が流れてくる。

花風　何奴。
半蔵　騒ぐな花風。この霧の正体ならばわかっている。真田の忍び、霧隠才蔵の仕業だ。

　　　と、白煙の中から現れる才蔵、甚八、小介。

才蔵　ご無礼をお詫びいたす。忍んでまいりました身ゆえ、隠形の術を使わせてもらいました。
半蔵　この半蔵のもとに現れるとはどういうことか。もしや、幸村殿の寝返りの知らせか。
才蔵　……確かに寝返りでございます。我ら三名の。
半蔵　おぬしらが。

才蔵　はい。この霧隠才蔵。
甚八　根津甚八。
小介　穴山小介。
才蔵　我ら三名、これよりは徳川殿のためにお働きしたい。
半蔵　しかし、霧隠才蔵と言えば、真田幸村殿の腹心と呼ばれていたはずだ。裏切ったと言われても、そう簡単には信用できぬぞ。
才蔵　幸村が、仕えるに足る武将と思っていればこその腹心。ですが今のきゃつめは、物狂いに落ちております。
半蔵　物狂いと。
才蔵　……猿飛佐助めのことでございます。

ハッとする花風。それを目で制する才蔵。

半蔵　佐助？　あの忍びがどうした。
才蔵　そこの女忍びを通じて、すでにご存じではないのですか。
半蔵　何かあるのなら、おぬしの口から聞かせてもらおう。

甚八、小介と目を合わせ、うなずく才蔵。

才蔵　では包み隠さず申し上げます。猿飛佐助は秀吉公の血を引く者。秀頼様の兄上でございます。
花風　やっぱり。
甚八　やはりお気づきでしたか。
才蔵　幸村は、佐助を薩摩に逃がそうとしております。豊臣の血を、この世に残すことこそが、己の使命と。そのために我ら家臣も、いや大坂城の残る者すべてを犠牲にしてもかまわないと言い切る始末。
半蔵　なんだと。
花風　佐助を逃がす……。
半蔵　さすが謀略詭計の将、大胆なことを考える。
小介　大胆ではなくもはや物狂い。
才蔵　いくら秀吉様のお子だとはいえ、一人の忍びを救うことに血道を上げるなど、拙者達には理解ができない。そのための囮として死ねという。つくづく幸村という男の浅さ思い知りました。忍びは腕を売って生きる者。この腕買っていただきたい。
甚八　なにとぞ、なにとぞ半蔵殿の配下に！
小介　我ら三名、お加えくだされ！
才蔵　半蔵殿。お疑いであれば、大坂城の内情を調べればいい。軍議の席で拙者が幸村と仲違いをしたことは、すぐに知れましょう。
半蔵　……わかった。

花風　半蔵様。

半蔵　今は迷っている時ではない。佐助の件、至急手をうたねばならぬ。但し、おぬしら三人、少しでも怪しき振る舞いをしたなら、その時は即座に斬る。

才蔵　もとよりその覚悟でございます。

甚八　お待ちください、半蔵様。ならば、ここで。

と、甚八が才蔵の肩口を切る。

才蔵　なに！

刀を抜こうとする才蔵の腕を切る小介。

才蔵　ば、ばかな、お前達。

動揺する才蔵。

才蔵　まさか、貴様ら、本当に裏切るつもりか……。

甚八　ああ、その通りだ！

と、才蔵の胸に剣を突き刺す甚八。
引き抜くと才蔵は倒れる。

小介　……死んだか。
半蔵　待て。

と、才蔵が息をしているかを確認し脈を診る半蔵。

花風　半蔵様。
半蔵　……息も脈も止まっている。確かに命、果ておる。
花風　……どういうこと。
甚八　半蔵殿が疑う通り、霧隠才蔵は裏切ると見せかけて徳川方がどこまで知っているか調べようという魂胆。わざと幸村と仲違いしたのも、徳川の間者が大坂城内にいることを計算してのこと。だが我らは違う。我らは、本気で命が惜しい。
小介　その通り。冬の陣での戦いも、我らの力を誇示してあわよくば徳川に召し抱えていただこうと考えていただけ。
甚八　我らの願いは、戦場《いくさば》での活躍による立身出世。
小介　なにとぞその機会をお与えくだされ。
甚八　（懐から巻物を出す）これは、佐助の国外脱出経路が記された書状。これさえあれば、

小介　佐助のあとは追える。
半蔵　信じていただきたい。
花風　花風、どう見る。
　　　出世を望む発言をして、才蔵に叱責されていたのは事実です。この二人なら、確かに寝返りもあるかと。
甚八　有り難きお言葉。
小介　となれば、早くここを逃げた方がいい。才蔵から何も知らせがない場合、真田の兵がこの寺を襲ってきます。
甚八　なによりも佐助の脱出計画、一刻も早く大御所様に。
半蔵　……わかった。いくぞ、花風。
花風　はい。

と、かけ去る四人。
倒れている才蔵も闇が飲み込む。

――暗　転――

【第十四景】

大坂夏の陣、いよいよ決戦が近い。
大坂城。
合戦の準備をしている一同。
幸村と大助、秀頼、淀の方がいる。
赤揃えの鎧に身を固めている幸村。大助も甲冑姿。
秀頼、淀の方も戦支度になっている。

秀頼　幸村、佐助はどうした。
幸村　ご心配めさるな。まもなく薩摩行きの船に乗るはずでございます。
秀頼　そうか。
幸村　家康が余計なことを考えぬよう、ただ奴の首を狙い恐怖を与える。それが我らに課せられた最後のつとめと心得ております。

そこに入って来る甲冑姿の修理と治房。

修理　おお、幸村殿。家康の軍が動き出したぞ。
幸村　いよいよ決戦ですな。
治房　幸村殿。いろいろとひどいことを言ってすまなかった。
幸村　今更、そのような些細なこと。気にしておりません。
治房　そう言ってくれると助かる。
修理　そうだ。今はただ、お互い、最後の力の一滴まで振り絞って戦うのみだ。
淀の方　幸村。見事、豊臣の血を守り抜いて下さい。
秀頼　頼んだぞ。
幸村　この命に代えまして。
淀の方　ゆきますよ、秀頼。我らはこの大坂城で見事に散って見せましょう。
秀頼　はい、おふくろさま。

一方、舞台の別の場所に、家康達の本陣が浮かび上がる。
家康の前に現れるとかしずく半蔵と甚八、小助、花風。

家康　話は聞いた。おぬしらが幸村の忍びか。
甚八・小介　は。
家康　真田の忍びが秀吉公のお子だったとは面白い。その子を守るために、大坂城とそこにいる豊臣方のすべてを囮とするとは、なるほど、謀略好きの真田らしい奇策だ。

半蔵　ですが、わからぬゆえの奇策。種が見えればなんということもない。

家康　ああ。

半蔵　殿。佐助一人ならば追撃は我ら伊賀忍群だけで充分かと。

家康　うむ。徳川の軍は、大坂城の豊臣軍を力でねじふせねばならない。これからは徳川の天下だということをはっきりと見せねばな。

半蔵　闇に逃れようとする豊臣の猿は、我ら闇の世界の忍びが片付けましょう。

家康　頼んだぞ。

半蔵　は。

去ろうとする半蔵、甚八、小介、花風。

家康　待て、花風。

花風　は。

家康　おぬしは残れ。

花風　え。

家康　あとは半蔵達にまかせろ。いけ。

半蔵　おまかせあれ。

駆け去る半蔵、甚八、小介。

花風　大御所様。なぜ。
家康　えらく思い詰めた顔をしているぞ。いつもの花風らしくない。
花風　それは……。
家康　今の大坂城は、自ら帯を解いた愚かなおなごだ。その最期、女のお前にはどう映るか、じっくりと見ていろ。

と、家康の兵が現れる。
花風、わだかまりを残したまま兵と入れ替わるように消える。
一方、真田の兵を率いた幸村も現れる。六文銭の旗が翻る。
幸村の横には、大助、六郎、十蔵、清海、伊佐、鎌之助がいる。

大助　父上。出陣の準備整いました。
幸村　よし。少しはお前に父親らしい姿が見せられそうだな。
大助　もう充分に見ています。
幸村　そうか。
大助　はい。

家康が兵に言う。

家康　よいか。豊臣を滅ぼすはただのいくさではない。国家争乱の禍根を断つ戦いと心得よ。逆らう者はすべてねじ伏せよ！

一同に声をかける幸村。

幸村　聞けい。我ら真田一党、狙うはただ家康の首ひとつ。一個の錐となって徳川の本陣に穴を穿《うが》つ！　命を捨てて勝利を手にせよ！

徳川の兵と真田の兵が、ときの声を上げる。

×　　×　　×

一方、紀州の山奥。港へと急ぐ佐助。

と、彼の前に現れる伊賀の忍び、二人。

佐助　……なに。

襲いかかる伊賀忍、刀で受ける佐助。

佐助　……伊賀の忍びか。

と、そこに現れる半蔵、甚八、小介。他、二人の忍びを引き連れている。

半蔵　その通りだ。猿飛佐助。
佐助　服部半蔵。
半蔵　幸村の企み、すでに大御所様に知れておる。お前一人逃げられると思ったか。
佐助　甚八、小介。お前達が裏切ったのか。
甚八　悪く思うな。これが我らの生き方だ。
小介　そういうこと。
半蔵　やれ！

と、伊賀忍二人、佐助に襲いかかる。が、そこに現れる霧隠才蔵。身体に包帯を巻いてはいるが動きは俊敏。佐助に襲いかかった伊賀忍の一人を斬る。佐助がもう一人を倒す。

半蔵　貴様は霧隠才蔵。しかし、確かにあのとき息の根はとめたはず。……待て、ということは。

甚八と小介を見る半蔵。

甚八　その通り！

と、甚八と小介がそばにいた伊賀忍二人を斬る。残るは半蔵一人になる。

才蔵　策にはまったのは貴様だ、服部半蔵。
半蔵　く、こやつらの裏切りも芝居だったのか。
才蔵　その通りだ。私を殺すくらいのことをしないと、甚八と小介の裏切りを信じないだろう。だからあえて私は斬られた。
半蔵　貴様、仮死の術が使えたのか。
才蔵　そうだ。一定の間なら、私は息を止め心の蔵を止めることができる。これが霧隠流、命隠しの術だ。
甚八　急所ではないが出血の多い場所を狙って斬った。
小介　俺たちが立ち去った後、西方寺に潜んでいた筧十蔵が才蔵殿の手当をしたのだ。
甚八　遅かれ早かれ佐助の正体は、徳川に知れる。ならば、その情報をこちらから流す。正体を知らせ、その逃げる道筋を教え、少数の追撃隊で佐助を追わせるようにする。それが我らの役目だったのだ。
才蔵　追撃隊の数と装備の連絡を受け、ここで待ち構えていた。
小介　ここまでくれば、たとえ追撃失敗の知らせが家康の元に届いて、新たな追っ手を出して

半蔵　も、とうてい間に合わない。お前達さえ倒せば、佐助は無事に船に乗れる。

才蔵　く。おのれらごときにまんまと。

甚八　すべては我が殿の知恵。甚八と小介が、徳川に売り込みを考えていたことは花風が知っていた。だから、こやつらの裏切りならばおぬしらも信じると幸村様は考えたのだ。

半蔵　我らの弱音も策略に組み込む。殿のすごさ、思い知ったか。

甚八　く。

小介　悪く思うな。これが我ら真田の生き方だ。

佐助　そういうこと。

甚八　甚八、小介。

小介　驚かせて悪かった。だが、敵を欺くにはまず味方からだ。

甚八　それにお前の驚く顔はちょっと面白かったぞ、佐助。

才蔵　調子に乗るな、小介。

半蔵　さあ、いけ。この山を越えれば港だ。薩摩の船が待っている。

逃がすか！

と、刀を抜く半蔵。

甚八　いくら服部半蔵とて、たった一人で真田の手練れ三人相手に勝てると思うか。

小介　ここから先はいかさん。

才蔵　いけ、佐助。
佐助　わかった。ありがとう、みんな。
半蔵　待て！

追おうとする半蔵を食い止める才蔵、甚八、小介。
駆け出す佐助。が、その時銃声。佐助の胸にあたり、倒れる。驚く一同。

甚八・小介　佐助！

佐助が走っていこうとした方から、短筒を持った花風が現れる。

才蔵　貴様！

虚を突かれた才蔵達に半蔵が反撃。才蔵達三人と、佐助と花風の間に立ちはだかる。

半蔵　よくやった、花風。

だが、花風の表情は硬い。

花風　……大御所様のご命令に背いたこと、お許し下さい。ただ、この佐助の命を取るのなら、どうしても自分の手でやりたかった。

半蔵　かまわん。大御所様には、わしからよく言うておく。(才蔵たちに) ふははは。やはり、我ら伊賀の忍びの方が一枚上手のようだったな。貴様らの奸計、ここに潰えたわ。

花風　(刀を抜き) 首を落とします。

と、刀をふりかぶる。が、その刀を持つ花風の手を摑む佐助。

花風　え⁉

花風、佐助の手をふりほどき一旦離れる。

花風　なぜ⁉　確かに弾は命中したはず。

佐助　当たったよ。これに。

と、ハナにもらった五大力の守り袋を出す。

花風　それは、五大力の……。

佐助　そうだ。伊賀の忍び花風が撃った弾を、料理屋の娘ハナがくれた守り袋がはじいてくれたんだ。約束通り俺を守ってくれた。

花風　そんな……。

佐助　これがお前の本当の心だ、ハナ。

才蔵達を牽制しているため動けない半蔵が叫ぶ。

半蔵　やれ、花風。迷うな。とどめを刺せ。

花風、才蔵の言葉に押されるように刀をふるう。佐助は、刀を抜かない。ただ、花風の攻撃をかわす。

才蔵達三人も半蔵に阻まれ、佐助のそばには行けない。

甚八　なぜ戦わぬ、佐助。

小介　そうだ。お前が死ねば何の意味もなくなる。

佐助　お前も一緒に来い。俺は生きる。それが俺の成すべき事。だが、一人じゃいやだ。お前と一緒だ。ハナ！

花風　言うな。私は伊賀の忍び。その掟からは逃れられない。

佐助　逃れられる。この国の外なら！

動揺する花風。彼女を抱きしめる佐助。刀を振り上げる花風。だが振り下ろせない。

半蔵　何をやっている！

半蔵、才蔵達三人を突き放すと佐助に向かって打ちかかる。

半蔵　死ねい！

が、花風、思わず佐助をかばい、半蔵の刀を受ける。

佐助　ハナ！

もう一度佐助を斬ろうとする半蔵。才蔵が割り込み、その半蔵の剣を受ける。佐助、怒りに剣を抜き、半蔵に打ちかかる。才蔵と佐助が半蔵を追い込む。

佐助　よくも、よくもハナを！

半蔵　情に流れた忍びには死が待つだけだ。

甚八と小介がハナの様子を見ている。

甚八、才蔵に花風は生きていると目配せする。
佐助の剣が半蔵の刀をはじき飛ばす。手傷を負う半蔵。

半蔵　おのれ。

とどめを刺そうとする佐助を制する才蔵。

才蔵　待て、佐助。
佐助　でも。
才蔵　これ以上お前の手を血に染めるな。その手が掴むのは、その人の手だ。
甚八　大丈夫だ、彼女は生きている。傷は浅い。

小介と甚八が花風の傷の手当てをしている。

才蔵　（半蔵に）行け。
半蔵　なに。
才蔵　家康公に伝えよ。猿飛佐助は生き延びる。貴公らの手の届かぬところまで高く飛び去ると。
半蔵　……く。

と、かけ去る半蔵。
佐助、花風を抱きしめている。
佐助　大丈夫か、ハナ。
花風　……佐助。
佐助　行こう。ハナ、絶対にお前を死なせない。お前と新しい世界を見るんだ、明国のもっと先。新しい大陸まで、どこまでも。
花風　……うん。
その手を握る花風。いや、伊賀の忍び、花風ではない。今は、ただのハナだ。
佐助　……たてるか。
佐助、ハナを抱えて立ち上がらせる。
佐助　じゃあ、行くよ。
小介　ああ。
甚八　生き抜けよ、佐助。

才蔵　そうだ。お前が生きているということが俺たちの誇りだ。
佐助　わかった。

佐助とハナ、立ち去る。それを見送り才蔵達三人も反対方向にかけ去る。

×　×　×　×

大坂。
徳川軍と激突している真田の軍。
はためく六文銭の旗印。
十蔵、鎌之助、大助、清海、伊佐、六郎、それぞれも獅子奮迅の戦いを見せている。
敵の軍を突破して家康と対峙する幸村。

幸村　見つけたぞ、家康殿。
家康　よくここまできたな、真田の男。だが、返り討ちだ。

と、家康と刀を交える幸村。
が、徳川の兵に囲まれ、家康と離れる。

家康　むだなあがきだぞ、幸村。おぬしの策はわかっている。猿飛佐助も秀吉公の子。ならば奴めも倒さねばならん。いや、もう討ち取った頃だな。

幸村　それはどうかな。

と、そこに駆けつける才蔵、小介、甚八。

才蔵　殿、猿飛佐助、無事に船に乗りました。伊賀の女忍び花風、いえ、ハナとともに。
家康　なに。
鎌之助　……やったな、佐助。
幸村　みんな、よくやってくれた。

そこに半蔵も現れる。

半蔵　申し訳ありません、殿。
家康　……半蔵か。

幸村の後ろにズラリと並ぶ、霧隠才蔵、三好清海、三好伊佐、筧十蔵、望月六郎、穴山小助、根津甚八、由利鎌之助、真田大助。幸村を含めた真田十勇士だ。

幸村　みたか、家康。豊臣の血は、この国の外に逃がしたぞ。確かにこの国は徳川が造るのかもしれない。だが、我らが魂を預けた男が、常に外から見ていること、くれぐれも肝に

家康　銘じていただきたい。
幸村　……幸村、貴様、この家康を出し抜きおったか。
家康　私だけの力ではない。十勇士がいたからだ。たとえこの世の流れは徳川にあろうとも、武士として一片の意地は通してみせる。その気持ちでつながった十人の仲間がいたからだ。
幸村　なにい。
家康　心しておけ。我ら、真田十勇士。時の流れに逆らい義を貫く者なり。

家康、幸村と真田の勇士達に気圧される。

家康　面白い。ならばこの家康の威信にかけて、その十勇士ごとおぬしの兵を、踏みつぶしてくれようぞ。
幸村　あとは見事に戦い、死に花を咲かせるのみだ。だが、この死に花、そう簡単には散らせぬぞ。御首頂戴、徳川家康！
家康　真っ向勝負だ、こい、幸村！

激突する真田の兵と徳川の兵。
幸村、猛烈な勢いで家康に迫る。
十勇士達は果敢に戦いそして戦塵の中で倒れていく。

そして、戦いは終わった。
真田の六文銭の旗がむなしく倒れている。
そこに立つ家康。横に立つ半蔵。

家康　幸村はどうした。
半蔵　は、さきほど安居神社にて討ち取られたと知らせがありました。
家康　……そうか。……見事よ、幸村。このいくさの間に何者でもない男が立派な兵《つわもの》の顔になりおった。真田は日本一の兵《つわもの》よ。

無残にはためく六文銭の旗を眺めて、家康はつぶやく。そこに兵の一人が知らせに来る。

兵1　殿ー！　たった今、大坂城、落城いたしました。
家康　これでこの日の本の戦乱はおさまる。徳川がこの国に百年、いやそれ以上の平和をもたらすだろう。が、もしこの徳川の世が壊されるとしたら、それはあの男の魂を継ぐ者かもしれぬな。
半蔵　……殿。
家康　気にするな、独り言だ。

と歩き去る家康。あとを追う半蔵。

と、どこからともなく現れる真田の勇士達。
時空を超越したこの先の事実を語り始める。

大助　大坂城落城の翌日、淀の方と秀頼は自決した。
十蔵　太閤秀吉が築き上げたものはすべて失われた。
伊佐　家康悲願の天下統一は、ここに完了した。
清海　徳川幕府は揺るぎないものとなり、このあと二六〇年あまり日本を統治する。
甚八　しかし、その天下は、海の向こうからの来訪者により、瓦解することになる。
小介　訪れたのは黒船。アメリカ、ペリー提督の来航であった。
六郎　ペリーの旗艦は、アメリカのある地方の名前から命名されていた。
才蔵　その旗艦の名はサスケハナ。
鎌之助　アメリカのその地方に、かつて穏やかに暮らしたアジア人の男女がいたことを知る者は少ない。

その言葉に応えるように、海を見つめる佐助とハナの姿が現れる。

幸村　だが、その土地と同じ名前である二人が、何を願い何を信じて生き続けたか、それを知る者は確かにいる。
十人　我ら真田十勇士。時の流れに逆らい義を貫く者なり！

と、六文銭の旗が再び翻る。
自分たちの残した意志が遥か未来につながることを信じているかのように、晴れ晴れとした顔で空を見上げている。

「真田十勇士」完

あとがき

「真田十勇士をお願いしたいんですが」

ＴＢＳ事業部の松村プロデューサーから依頼を受けたのは、もう二年ほど前になるだろうか。赤坂アクトシアターの五周年記念作品ということだった。

しかし、このお題、舞台にするのはなかなか難しいなというのが最初に聞いたときの実感だった。

『八犬伝』や『水滸伝』などもそうなのだが、こういう集団英雄物は集まるまでが面白い。それぞれ個性の強い英雄たちが出会って、ともに困難を越え、時に衝突し、徐々にチームとして結束を固めていく。

その課程はとてもドラマチックだ。一人一人のキャラをじっくり描いていければ、それだけで様々なバリエーションのドラマができる。

だが、このやり方は上演時間が限られた舞台にはむかない。

とくに真田十勇士だと、猿飛佐助や霧隠才蔵など10人の勇士がいる上に、真田幸村もいる。大阪の陣を描くなら、敵方の徳川家康や大阪城の淀の方や豊臣秀頼なども出てくるだろう。

こんなに大勢を限られた時間で描くには限界がある。

しかもこの真田十勇士が厄介なのは、集まったあとに待っているのは負け戦だということだ。

真田幸村は、大阪夏の陣で戦死した。

これはもう歴史的な事実だ。

だから、十勇士が大阪城に入るまでに、どんなに胸のすくような活躍をしようとも、真田幸村の配下である限り、大阪城で破れるという事実にはあらがえない。

もっとも十勇士は実在しない。虚構の中の人物たちだ。みんな読本や講談などで語られる庶民が欲したヒーローたちだ。

幸村自身も本当の名は真田信繁という。虚構の中で十勇士を率いる時に、真田信繁がいつしか英雄真田幸村という名に変わったのもなんとなくわかる気がする。

でも、今の自分は、あまりそういう虚構に乗っかりたくはない。

真田幸村は大阪夏の陣で死んだ。その部下も同時に戦死している。

今、自分が書くとしたら、その歴史的事実は曲げたくはない。

その上で、自分が納得のいく幸村像が書けるか。

僕はあまり、滅びの美学というものが好きではない。

負けは負けだ。死は死だ。

自分たちが願っていることがかなわずに滅びていくとすれば、その死に無念があるとすれば、死に際がどんなに美しかろうが、その人物を主軸に置く物語というのは、あまり書きたくない。

そして真田十勇士というのは、真田幸村という人物は、わりとそうなりがちな題材だと思っていた。


最初の打ち合わせで、そんなことを松村さん達プロデューサー陣と話しているときに、ふと思い出したことがあった。

かつて僕は『ジェノサイド』という漫画の原作を書いたことがあった。

真田十勇士対里見八犬士というアイディアの漫画だ。

大阪夏の陣の際、年代的にとうに滅びているはずの里見八犬士が蘇り千姫をさらう。孫娘を救いたい徳川家康に対し、幸村の兄にして徳川方についていた真田信幸が、徳川に逆らった幸村の一族を救うために、十勇士による千姫奪還を提案する。かくして八犬士と十勇士の戦いが始まるという筋立てだ。

思いつきは悪くないと思うのだが漫画的にはうまく結実せず、読者の人気が得られずに早々に打ちきりになってしまった。

いろいろとアイディアは考えていたので残念だった。

特にラストは、ちょっと面白い着眼点だと思っていたので「惜しいなあ」と感じていた。

今回の『真田十勇士』にそのアイディアを使えば、懸念しているような滅びの物語にはならないんじゃないか。

真田幸村と十勇士は大阪夏の陣で負ける。その歴史的事実は変えずに、それでも「負けて勝つ」。徳川の支配を固めようとする徳川家康に一矢報いることができるのではないか。それなら、今、自分が書きたい物語になる。ようやくその手がかりが出来た気がした。

幸村役に上川隆也さんが決まったことで、この物語はまた大きく動き出す。

彼には、劇団☆新感線で『SHIROH』と『蛮幽鬼』という作品で主演を演じてもらった。その縁で僕が脚本を書いた『天元突破グレンラガン』というアニメで、主人公に立ちはだかる最後の敵をお願いもした。

どの作品でも、こちらの期待以上の芝居をしてくれた。

上川さんなら安心して書ける。

むしろこちらがどれだけ彼の演技に足るだけの人物を描けるかが問われる。

さらに、これはどうしてもと僕の方からプロデューサーのみなさんにお願いしたのだが、今回の家康は、ただの狸親父ではない。存在も主張も、幸村よりも正しいかもしれない。それだけの説得力のある方をキャスティングしてほしかった。それだけの人物を乗り越えてこそ、上川幸村の幸村としての生き方が際立つはずだから。

里見浩太朗さんが興味を示しているという電話を松村さんからもらった時は、小躍りした。

それこそ想像以上の方だったからだ。

でも、そのあと「ただ、一度、中島さんと会って直接お話を聞きたいとおっしゃってるんですが」と聞いて、小躍りは緊張のふるえに変わった。

こうなると責任重大だったが、こちらとしては情熱で口説くしかない。お会いして、今考えているのはこういう物語ですと、正直に話した。

自分が考えているラストを聞いて「おもしろいねえ」と言っていただいたときにはホッとしたし、後日正式に出演ＯＫの返事をいただいたときには、改めて安心して小躍りした。

その他のキャストも、非常に魅力的な役者さんがそろった。

演出の宮田慶子さんとは一緒に仕事をするのは初めてだけど、打ち合わせの時から、きちんと会話のキャッチボールが出来て信頼できる方だ。

このあとがきを書いている時点では、まだ稽古は始まっていないが、どういう化学変化が起きるか、今から楽しみだ。

どういう物語になっているか、僕が今書いたことがうまくいっているか。それは、芝居を見た方か、この戯曲を読まれた方の判断におまかせするしかない。

楽しんでいただけたなら幸いです。

二〇一三年六月某日

中島かずき

◇上演記録

真田十勇士

《公演日時》

【東京公演】

2013年8月30日(金)~9月16日(月・祝) 赤坂ACTシアター

主催:TBS/TBSラジオ/BS-TBS/スポーツニッポン新聞社

【名古屋公演】

2013年9月21日(土)~9月23日(月・祝) 中日劇場

主催:中日新聞社

【大阪公演】

2013年10月3日(木)~10月6日(日) 梅田芸術劇場 メインホール

主催:MBS/TBS/梅田芸術劇場/サンライズプロモーション大阪

《登場人物》

真田幸村……………………上川隆也

猿飛佐助……………………柳下 大

ハナ・花風…………………倉科カナ

霧隠才蔵……………………葛山信吾

服部半蔵……………………山口馬木也

由利鎌之助…………………松田賢二

真田大助……渡部　秀
豊臣秀頼……相馬圭祐
大野修理亮治長……小須田康人
根津甚八……粟根まこと
望月六郎……植本　潤
三好清海入道……小林正寛
大野治房……俊藤光利
三好伊佐入道……佐藤銀平
穴山小介……玉置玲央
筧　十蔵……三津谷亮
淀の方……賀来千香子
徳川家康……里見浩太朗
兵士・侍女・村人・町人……細川真弓美
……小川敏明
……重見成人
……和泉崇司
……加藤照男

≪STAFF≫

脚本：中島かずき（劇団☆新感線）

演出：宮田慶子

主題歌：中島みゆき「月はそこにいる」（ヤマハミュージックコミュニケーションズ）

音楽：井上 鑑 feat. 吉田兄弟

題字：紫舟

美術：伊藤雅子
照明：中川隆一
音響：長野朋美
衣裳：有村 淳
ヘアメイク：宮内宏明
殺陣：渥美 博
殺陣助手：亀山ゆうみ
演出助手：髙野 玲
舞台監督：榎 太郎

宣伝美術：服部浩臣（COM Works）
宣伝写真：渡部孝弘
宣伝衣装：日本芸能美術／松竹衣裳
宣伝美粧：宮内宏明／山崎かつら／東和美粧
宣伝小道具：藤浪小道具

宣伝映像：十川利春
票券：インタースペース
宣伝：ディップスプラネット
制作：笠原健一／重田知子／吉水 葵
企画製作：ＴＢＳ（松村恵二／池田登希子／小島健之）

中島かずき（なかしま・かずき）
1959年、福岡県生まれ。舞台の脚本を中心に活動。85年4月『炎のハイパーステップ』より座付作家として「劇団☆新感線」に参加。以来、『髑髏城の七人』『阿修羅城の瞳』『朧の森に棲む鬼』など、“いのうえ歌舞伎”と呼ばれる物語性を重視した脚本を多く生み出す。『アテルイ』で2002年朝日舞台芸術賞・秋元松代賞と第47回岸田國士戯曲賞を受賞。

K. Nakashima Selection Vol. 20
真田十勇士

2013年8月10日　初版第1刷印刷
2013年8月20日　初版第1刷発行

著　者　中島かずき
発行者　森 下 紀 夫
発行所　論　創　社
東京都千代田区神田神保町 2-23　北井ビル
電話 03（3264）5254　振替口座 00160-1-155266
印刷・製本　中央精版印刷
ISBN978-4-8460-1254-0　

K. Nakashima Selection

Vol. 16— ジャンヌ・ダルク

フランスを救うために戦う少女，ジャンヌ・ダルク．神の声に従い，突き進む彼女のわずか19年の壮絶な生涯には，何があったのか．その謎とともに描かれる，人間ジャンヌの姿を正面から描く！　**本体1800円**

Vol. 17— 髑髏城の七人 ver.2011

あの『髑髏城の七人』が、新たに変わって帰ってきた！豊臣秀吉に反旗を掲げた髑髏党〈天魔王〉．その行く手をふさぐべく二人の男が闘いを挑む.三人が相まみえたとき，運命は再び動き出す．　**本体1800円**

Vol. 18— シレンとラギ

ラギと共に南の王国の教祖を暗殺する旅に出るシレン．いつしか惹かれあう二人の間に待っていた，さまざまな者たちの欲望と陰謀の渦．その恋は二つの王国の運命をも変えていく……．　**本体1800円**

Vol. 19— ZIPANG PUNK　五右衛門ロックⅢ

天下の大泥棒・石川五右衛門，今度は空海のお宝を盗む！　五右衛門の前に立ちふさがる名探偵・明智心九郎．陰謀は海の向こうの国々も，歴史の敗者と成功者も，時の権力者も巻き込んで，大冒険活劇の行方は⁉　**本体1800円**

K. Nakashima Selection

Vol. 11— SHIROH

劇団☆新感線初のロック・ミュージカル，その原作戯曲．題材は天草四郎率いるキリシタン一揆，島原の乱．二人のSHIROHと三万七千人の宗徒達が藩の弾圧に立ち向かい，全滅するまでの一大悲劇を描く．　**本体1800円**

Vol. 12— 荒神

蓬莱の海辺に流れ着いた壺には，人智を超えた魔力を持つ魔神のジンが閉じ込められていた．壺を拾った兄妹は，壺の封印を解く代わりに，ジンに望みを叶えてもらおうとするが――．　**本体1600円**

Vol. 13— 朧の森に棲む鬼

森の魔物《オボロ》の声が，その男の運命を変えた．ライは三人のオボロたちに導かれ，赤い舌が生み出す言葉とオボロにもらった剣によって，「俺が，俺に殺される時」まで王への道を突き進む!!　**本体1800円**

Vol. 14— 五右衛門ロック

濱の真砂は尽きるとも，世に盗人の種は尽きまじ．石川五右衛門が日本を越えて海の向こうで暴れまくる．神秘の宝〈月生石〉をめぐる，謎あり恋ありのスペクタクル冒険活劇がいま幕をあける!!　**本体1800円**

Vol. 15— 蛮幽鬼

復讐の鬼となった男がもくろんだ結末とは……．謀略に陥り，何もかも失って監獄島へと幽閉された男．そこである男と出会ったとき，新たな運命は動き出した．壮大な陰謀の中で繰り広げられる復讐劇！　**本体1800円**

K. Nakashima Selection

Vol. 6— アテルイ

平安初期，時の朝廷から怖れられていた蝦夷の族長・阿弖流為が，征夷大将軍・坂上田村麻呂との戦いに敗れ，北の民の護り神となるまでを，二人の奇妙な友情を軸に描く．第47回「岸田國士戯曲賞」受賞作．　**本体1800円**

Vol. 7— 七芒星

『白雪姫』の後日談の中華剣劇版!?　舞台は古の大陸．再び甦った“三界魔鏡”を鎮めるために，七人の最弱の勇者・七芒星と鏡姫・金令女が，魔鏡をあやつる鏡皇神羅に戦いを挑む．　**本体1800円**

Vol. 8— 花の紅天狗

大衆演劇界に伝わる幻の舞台『紅天狗』の上演権をめぐって命を懸ける人々の物語．不滅の長篇『ガラスの仮面』を彷彿とさせながら，奇人変人が入り乱れ，最後のステージの幕が開く．　**本体1800円**

Vol. 9— 阿修羅城の瞳〈2003年版〉

三年前の上演で人気を博した傑作時代活劇の改訂決定版．滅びか救いか，人と鬼との千年悲劇，再来！　美しき鬼の王・阿修羅と腕利きの鬼殺し・出門——悲しき因果に操られしまつろわぬ者どもの物語．　**本体1800円**

Vol. 10— 髑髏城の七人 アカドクロ／アオドクロ

本能寺の変から八年，天下統一をもくろむ髑髏党と，それを阻もうとする名もなき七人の戦いを描く伝奇活劇．「アカドクロ」（古田新太版）と「アオドクロ」（市川染五郎版）の二本を同時収録！　**本体2000円**

K. Nakashima Selection

Vol. 1—LOST SEVEN

劇団☆新感線・座付き作家の，待望の第一戯曲集．物語は『白雪姫』の後日談．七人の愚か者（ロストセブン）と性悪な薔薇の姫君の織りなす痛快な冒険活劇．アナザー・バージョン『リトルセブンの冒険』を併録．　**本体2000円**

Vol. 2—阿修羅城の瞳〈2000年版〉

文化文政の江戸，美しい鬼の王・阿修羅と，腕利きの鬼殺し・出門の悲恋を軸に，人と鬼が織りなす千年悲劇を描く．鶴屋南北の『四谷怪談』と安倍晴明伝説をベースに縦横無尽に遊ぶ時代活劇の最高傑作！　**本体1800円**

Vol. 3—古田新太之丞 東海道五十三次地獄旅 踊れ！いんど屋敷

謎の南蛮密書（実はカレーのレシピ）を探して，いざ出発！　大江戸探し屋稼業（実は大泥棒・世直し天狗）の古田新太之丞と変な仲間たちが巻き起す東海道ドタバタ珍道中．痛快歌謡チャンバラミュージカル．　**本体1800円**

Vol. 4—野獣郎見参

応仁の世，戦乱の京の都を舞台に，不死の力を持つ“晴明蟲”をめぐる人間と魔物たちの戦いを描いた壮大な伝奇ロマン．その力で世の中を牛耳ろうとする陰陽師らに傍若無人の野獣郎が一人で立ち向かう．　**本体1800円**

Vol. 5—大江戸ロケット

時は天保の改革，贅沢禁止の御時世に，謎の娘ソラから巨大打ち上げ花火の製作を頼まれた若き花火師・玉屋清吉の運命は……．人々の様々な思惑を巻き込んで展開する江戸っ子スペクタクル・ファンタジー．　**本体1800円**